DARIA BUNKO

そばにいるなら触りたい

高月まつり

illustration✻天王寺ミオ

イラストレーション❋天王寺ミオ

CONTENTS

この作品はフィクションです。
実在の人物・団体・事件などに一切関係ありません。

そばにいるなら触りたい

初秋《しょしゅう》の陽気は、なんとなく浮かれる。夏ほど暑くもなく、秋本番ほど夜は寒くない。活動的になりやすいという点では、春にも似ている。

長谷崎大地《はせざきだいち》は、自分のテンションが三日前と変わっていなければ世間同様、いろいろな方面で活動的になっていただろう。

大変過ごしやすいこの季節、大地は三日前に恋人から別れを告げられた。

旅行に誘おうと思って待ち合わせたのに、彼女は大地が口を開くより先に言ったのだ。

彼女から告白してきて始まった関係だった。

最初は乗り気ではなかったが、これも何かの縁だと思い付き合いを始めた。

しかし、大地が楽しいと思い始めた途端、「あなたは優しいだけで、私を好きなんじゃない」と言われた。挙げ句の果てに「あなたと付き合った二年間を返して」とまで罵《ののし》られた。

一方的に告白され一方的に振られたとしても、そんなことを言われたら傷つく。

たとえ自分が、ゲイ寄りのバイセクシャルであっても。

「……このまま上手くいくようなら、結婚も考えていたのに」

大地は、デスクに仕事の資料をまき散らしたまま、何度目かのため息をついた。

半年ほど前に、末の弟である冬夜《とうや》が「恋人ができました。相手は男です」と、慎《つつ》ましやかなカミングアウトをした。

やっとのことで、恋人と自立心を手に入れた可愛い末っ子のカミングアウトを、誰が反対できようか。

両親と兄は渋々《しぶしぶ》受け入れた。

だがその受け入れ容量は先着一名様だろう。

両親は「長谷崎スタイル」という、有名スタイリストや有名カメラマン、ヘアメイクアーティストなどのマネージメントを一手に引き受けている会社を経営している。だが、たとえ「この世界にはゲイとバイが多いが、仕事ができればそれでいい」と理解があって、自分たちの友人にそちら系の人々が大勢いたとしても、「自分の子供」は別なのだ。

その複雑な親心は分からなくもない。

去年、スタイリストである四つ年上の兄・翔太《しょうた》が元モデルと結婚し、数ヶ月前に可愛い娘を授かってからというもの、「次はお前だ」と、両親は大地にプレッシャーをかけてくる。

この業界に属する者として、翔太は結婚が早い方だ。

跡継ぎができたんだからのんびり行こうと思っていた大地は、両親の「もっと孫が欲しい」攻撃に少々うんざりしつつ、毎日を送っている。

いっそ「俺はどっちかというと男が好きなんです」と言ってしまおうかと何度も思った。

だがそれをしたら、両親はそれぞれ「自分の育て方が悪かったんだろうか」と落ち込むに決まっている。

両親は悪くないし、平和な家庭に余計な波風は立てたくない。

やはり……なんだかんだ言っても大事な家族だ。

大地は自分が我慢できることなら、墓に入るまでひたすら我慢しようと思っていた。


生後数ヶ月から大学を卒業するまでの間、両親の趣味とバイト代わりにモデルをしていたせいか、大地は鏡を見るとつい自分の立ち姿をチェックしてしまう。

ナルシストのつもりはない。単なる癖《くせ》だ。

今も、長谷崎スタイルの打ち合わせ室手前にある鏡を前にして、さり気なく決めポーズを取る。

くっきりとした二重の目に、彫りが深くシャープな印象を与える容姿。一度も染めたことのない黒髪は光が当たるとキラキラと輝く。

百八十センチという長身でありながら姿勢がよく、それだけで堂々として見えるのに、それに端整な容姿が加わっているので向かうところ敵なしだ。

「モデルも続けていればよかったのに。まだ充分『あり』よ」

大地が入室した途端、挨拶もそこそこに打ち合わせ相手である編集プロダクションの山田《やまだ》が、女性にしてはハスキーで貫禄《かんろく》のある声で話しかけてきた。

「俺の仕事はスタイリストですよ、山田さん」

大地はにっこりと微笑《ほほえ》み、山田の向かいの席に腰を下ろした。

「今回はムックの企画に乗ってくれてありがとう。私、どうしてもこの仕事は大地君と組みたかったんだ」

「いやいや。俺も、こういう変わった企画が好きなんです。……ところで、こちらの方は？」

大地は、山田の隣に座っている女性に視線を向ける。

彼女は頬を染め、夢見る乙女の顔で大地を見ていた。

「こちら、出版元のアサギ出版の吉野《よしの》さん。佐藤《さとう》先生の担当編集さんよ。どうやら、あなたのキラースマイルにやられたみたい。ほんと、それやめてよね。みんなその気になっちゃう」

山田は呆《あき》れ顔で言うと、吉野の方を軽く叩《たた》いて「こっちの世界」に戻した。

「はっ！　ごめんなさい。今、とても素晴らしいものを拝《おが》んでしまいました。ええと……わたくし、アサギ出版の吉野と申します」

「私は長谷崎スタイルの長谷崎大地と申します。名前で呼んでください」

二人は自己紹介をしながら名刺を交換する。

「この子に言いづらいことがあったら、代わりに私が聞きますから。安心してくださいね、吉野さん」

山田はまるで、大地の叔母のような口調で吉野を気遣った。

「ありがとうございます。ずいぶんと親しいんですね。まるで姉弟みたい」

「ええ。大地君のことは、子供の頃から知ってますから」

山田は「お前の弱みは握《にぎ》っているのだよ」という視線で、にっこり笑う。

「……うちに五月《さつき》抄子《しょうこ》というスタイリストがいまして、彼女と山田さんは親友なんです。五月さんはうちの両親の弟子だったので、その流れで知り合いに」

大地の説明に、吉野は「なるほど」と何度も頷《うなず》いた。

「……では、雑談が終わったところで、仕事の話に入りましょうか？」

山田がテーブルの上に、新たな資料を並べた。

「以前に説明した通り、今回の企画は小説のキャラクターという架空の存在に具体的なイメージを作り、ビジュアルメインのムックを出すことなの。大地君にお願いしたいのは、そのイメージの具現化になるわ」

「これは、佐藤先生が今まで書かれた本の表紙ですね」

大地が呟《つぶや》く。

表紙はどれも美しく個性的で、タイトルとよく合っていた。

「タイトルは、仮タイトルだった『佐藤義隆《よしたか》の世界』に決定しました。表紙のデザインは、今まで佐藤先生の本の表紙を手がけてくださってる日下部《くさかべ》さんにお願いしてあります」

吉野が、「この方が日下部さんです」と、パーティーのスナップ写真を大地に見せる。

そこには、大変センスのいい服を身に纏《まと》った男が写っていた。

年は大地よりも上のようだが、「オヤジ臭さ」はまったく感じない。

それどころか大地は、自分と同じ匂いを感じた。

おそらくこの男は、気に入ったら性別は後回しというタイプだ。

「素敵な男性なんですよ。女性の扱いを心得ているというか、優しくされると天国へ行ってしまうと言うか……」

「吉野さん、何度も向こうの世界に行かないで。こっちに戻ってきて」

「あ、すみません。山田さん。……で、ですね！　大地さんっ！　こちらが私の担当している佐藤先生です」

自宅で撮った写真だろうか。写真の中の着物を着た青年らしき物体は、ぼんやりとした佇《たたず》まいで、斜め向こうを見ていた。

これでは顔が分からない。

大地は、残念な顔で吉野を見る。

「本物はもっとステキです。佐藤先生はカメラが嫌いで、著者近影《きんえい》は……」

「飼い猫のクロなんですよね」

吉野が話している途中で、大地が口を開いた。

「知ってるんですか？　大地さん」

「これから一緒に仕事をする相手ですからね。調べました」

「調べるんじゃなくて、読んでくださいっ！　絶対にファンになりますから！」

「言い方が悪かった。はい、読みました。面白かったです。ネット書店で買いました。一気に六冊も。読み甲斐《がい》がありましたよ」

「ふふふ。もう、佐藤先生の虜《とりこ》ですね。いろんな話を書かれる方なので、飽きずに楽しめるでしょう？　是非とも、編集部宛に感想をお願いします」

吉野は真面目な顔で言う。

「ああ、うん。感想は大事だわ。作家のやる気にも関わってくるしね」

山田もまったくだと頷く。

「了解。ご本人に直接言います。……でもほんと、他社の編集さんたちはよく了解しましたね。ここの、佐藤先生の小説でイメージを見たいタイトルを挙げてくださいってところ。他社発行の本もたくさん入ってます」

大地は、アンケート用紙を指さして呟いた。

「著作権は先生にあるし、メディア展開に関しての契約は、どの社ともしていなかったから、とんとん拍子《びょうし》に話が進んだわ。そして最終的に、どの社も協力してくれることになったのよ」

「山田さんは、この不景気に今までいろんな出版社で企画を当ててきましたから。信用があるんですよ。それに、佐藤先生を見出《みいだ》してデビューさせた『アンバー』の社員さんですもの」

几帳面に説明する山田に、吉野は賛美の言葉を贈る。

「では私は、次回のミーティングまでに衣装のイメージを考えて……いや、そうじゃなく」

大地は、言葉の途中で自分に突っ込みを入れて口を閉ざした。

作家の世界をビジュアル化するというのなら、作家本人に会うのが一番ではないか。何かインスピレーションを感じることが出来るのではないかと考えた。

大地は吉野をじっと見つめる。

吉野はまた、頬を染めた。

「素朴な疑問。佐藤先生は、なぜこのミーティングに参加していないんですか?」

「仕事をしているからです。ノッているときに話しかけても生返事だけなので、連れてきませんでした。正確には、マネージャーが恐ろしくて連れてこられませんでした。その代わり、明後日《あさって》の午後にアポを取ってあります。みんなで佐藤先生宅に押しかけましょう。佐藤先生は甘い物が大好きなんですよ」

吉野は手帳を開きながら早口でまくし立てる。

「甘い物が好きな男性は、意外と多いんですよ」

大地は頷きながら言い返し、可愛い末の弟の恋人も甘い物が好きだった事を思い出した。

そして、ほんのちょっぴり不愉快な気持ちになる。

「そうか……だったら、弟の手作りケーキでも持っていこうかな。私の弟はそれはもう料理と菓子作りの天才なんです」

「手作りは……普通はお断りしているんですが、今回に限り了解しましょう」

「いろいろ大変ですね、人気作家さんも」

大地の言葉に、吉野が深く頷いた。

作家への差し入れは、殆《ほとん》どが善意だ。

しかし、ファンを装《よそお》った愉快犯がいないとはいえない。それを防ぐために吉野は、担当作家の口に入る差し入れに神経を尖《とが》らせていた。

「あ、そうだ。カメラマンはフッチャンだから。あいつ、なんでミーティングに来ないの？」

フッチャンとは長谷崎スタイル所属の有名カメラマン藤原春斗《ふじわらはると》で、五月の友人だ。

ということは山田の友人でもある。

「藤原さん……今日は会社にも顔を出してないですよ？　そういえば、弟子が『新しいレンズの試し撮りが』とか言ってたな……」

大地の呟きに、山田は「あーあーやられた」と大げさに嘆く。

「だめだ。それじゃ、何日か音信不通だわ。なんでこんなときに新しいレンズを買うかね、あのバカは」

「でも藤原さんは、決定事項がある重要なミーティングには、かならず出席する人ですから。だから大丈夫ですよ」

嘆く山田に、大地は微笑みながら呟いた。

「まあね、そうなんだけどね」

山田は苦笑する。

分かっていても、愚痴《ぐち》と文句はつい出てしまうのだ。

「実際、この場にフッチャンがいても仕事になんないしね。あいつは撮影で、弟子と一緒に馬車馬のように働いてくれればいいってことね」

「……山田さん、怖いです。その言い方」

吉野がさくっと突っ込みを入れるが、山田は「こんなのいつもよー」と笑った。

大地も、笑みを浮かべて軽く頷く。

「ムックが出来るまでのメイキングもあると楽しそうですね」

「大地君っ！　それいいわ。ウェブ展開しましょう。『佐藤義隆の世界』メイキングサイト。雑誌を厳選して広告を打って、あとは……友人のコネを使うか」

山田は頭の中であれこれと考えて、ニヤリと笑っている。

吉野も「でしたら……雑誌は」と、いくつか提案している。

面白いな、こういう現場は。

大地は、いつも自分がいる撮影現場と違う雰囲気に気持ちが高揚した。

この企画を受けてよかったと、そう思った。

ミーティングが終わったあと、大地は自分のアシスタントたちに「俺は直帰《ちょっき》だから」と言って、長谷崎デザインビルを後にした。

自分がまだ読んでいない本の中に、ビジュアルで見たい佐藤義隆本のアンケート結果二位と五位が入っていたのだ。それを買って読まなければならない。

大地は基本的に、悲しい話や暴力シーンの多い話は好んで読まない。

今の世の中、フィクションぐらい予定調和の幸せな世界を堪能したいと思っている。

もちろん、主人公に対して試練は必要だ。話にメリハリが出る。だが、痛々しい結末は望んでいない。

三日前に恋人に振られてからは、なおさらそう思うようになった。

アンケートの二位と五位は、主人公の少年少女が闇の世界に染まりつつ、あがきながら生きていくというあらすじの連作もので、大地はわざとそれを除いて買ったのだ。

まいったな。他の話はもの凄《すご》く好みだったのに。そっちなら喜んで衣装を揃《そろ》えたのに。

大地は心の中でため息をつく。

仕事として読めないことはないが、ローテンションで衣装を揃えたくない。

楽しく読むためにはどうしたらいいか。作家先生本人に解説をしてもらうのはどうか。

大地は自宅に向かう道の真ん中で、ぴたりと足を止めた。

「俺って……頭いい」

それを大きな声で呟く彼を、道行く人々は気の毒そうな顔で見ている。

渡されたスケジュールはずいぶんとゆっくり組んであった。

そう言えば俺は、作家に会うのは初めてだ。

スタイリストという職業柄、大地は有名人と接する機会が多い。それに自分もモデルをやっていた。

有名タレントやトップモデル、各界の著名人。

しかし、作家と接する機会は今までなかった。

「楽しみだな」

冬夜に、とびきり旨《うま》いケーキを注文しよう。きっと、喜んで作ってくれるはずだ。あいつも「佐藤義隆」は好きな作家だから。

大地は、嬉しそうにケーキを作る弟の姿を想像して、帰路に就いた。

いつも通り、締め切り前に原稿を上げた。

長兄は結婚して一番最初に家を出て、次兄はフリーダムで派手な生活をするために家を出て、年の離れた弟も今年の早春に家を出て、今は恋人と一緒に暮らしていた。

宮野《みやの》家三男・宮野義隆三十八歳は、両親が残した自宅を一人で守りながら、ここで淡々と創作活動をしている。

家は二階建ての日本家屋《かおく》で、部屋の殆どが障子《しょうじ》と襖《ふすま》で仕切られている。板で作られた床は廊下とキッチンしかない。

常緑樹と落葉樹の混じった庭は、昔ながらの「日本の庭」だ。

気分転換で濡《ぬ》れ縁《えん》に腰を下ろし、茶を飲みながら飼い猫の頭を撫《な》でていると落ち着く。

近所は土地持ちの年寄りが多く、閑静《かんせい》な住宅街と言うよりも静まりかえった森のような雰囲気があった。

義隆は浴衣姿で庭に接した廊下に立ち、初秋の庭を見つめる。

引き戸を開けて濡れ縁にあぐらをかくと、彼の飼い猫である黒猫のクロがそばにやってきた。

大学在学中からこの世界に入り、世の中との関わりは、自分が外に出るよりもインターネットの方が多いという彼は、その職業故《ゆえ》か実年齢よりもずいぶん若く見える。

肩までの長い髪は結わずにそのまま、前髪も掻《か》き上げられるほど長い。黒目がちの大きな目に白い肌、薄い唇……と、パーツだけを見ればどこぞの美女と思われるが、華奢《きゃしゃ》な雰囲気はどこにもないので、むしろ端整で凛々《りり》しい武家の若様だ。

しかし義隆は、普段は気の抜けた炭酸飲料のようにぼんやりしている。いや、本人にしたら、次回作の構想を練《ね》っているのだが、その様子を他人が見ると、ぼんやりしているようにしか見えないようだ。

さすがに、仕事をしているときは誰が見ても引き締まった表情をしている。

「クロ、腹が減ったな……」

愛猫《あいびょう》は義隆のあぐらの間にすっぽりと収まり、ブロブロと喉を鳴らした。

「冷蔵庫に……何かあったかな……？」

「ばか。何もないわ。俺がさっき、スーパーに行って買って来た」

後ろからいきなりバカ呼ばわりされても、義隆は苦笑するだけで怒らない。

「田島《たじま》さん、今日の昼飯はなんですか？」

「オムライスとコーンスープだ。そうそう、野菜はスティックにしてやるからちゃんと食え。……で、アサギ出版の仕事は終わったのか？」

「今朝終えて、テキストをメールで送りました」

義隆はそう言って、クロを抱えて立ち上がる。

彼は長身だが、田島と並ぶと五センチは低く、肩幅や体格も一回り半ほど違う。

彼らを知らない連中が見たら、「どこぞの坊ちゃんとボディーガード？」と勘違いするに違いない。それほど、体育会系のような短髪の田島は厳《いか》つく、威圧的だった。

「だったら、飯の支度ができるまで寝てろ」

「先輩が料理を作ってくれるというのに、のんびり寝ていていいものでしょうか」

「またお前は。もう学生じゃないんだから、俺をいつまでも先輩と呼ぶな。敬意を込めて田島さんと呼べ」

二人は大学時代の先輩後輩で、所属サークルが同じだった。

当時から義隆はのんびりしていて、「こいつは女にカモにされて転落人生を歩むんじゃないだろうか」「俺が世話してやる！」「いやいや、私が世話をする」と、ある種の男女の庇護欲《ひごよく》を刺激しまくり、何かと世話になっていた。

前世はきっと、貴族の息子かどこかの国の王子だったんじゃないかと思うほど、義隆の周りには彼をフォローする多彩な人間が集まった。

その中の一人が田島で、彼は大学を卒業後に出版社に入社し、出版会社のノウハウと私的コネクションを得てから編集プロダクションを立ち上げた。

編プロ『アンバー』は、田島や山田を初めとする少数精鋭が、「好き勝手にやるけど利益は出そうね」をコンセプトにしている。

そして田島は義隆をアサギ出版に売り込み、作家デビューさせた。

現在彼は、義隆のマネージメントもしている。

「田島さん、私のところに入り浸《びた》っていいんですか？　他にも作家を抱えてるし、企画もあるだろうに」

「うちは、会議と打ち合わせは携帯かスカイプが殆どだ。ここで充分仕事ができる」

腰に手を当てて偉そうに言い切る田島に、義隆は何も言わずに笑った。

末の弟と一緒に暮らしていた頃は、「大事な弟のために頑張らなくては」と、仕事と家事を一人で頑張っていたが、彼が独立して恋人のもとへ行ってしまうと、それまで頑張っていた分、一気に気が抜けてしまった。

仕事以外は何もする気がなくなった義隆のために、マネージャーでもあり旧知の仲の田島がイロイロと気を使っている。

「私も……何か手伝います」

「お前にできるのか？」

「弟が出て行くまでは、私が家事をしていたんですよ」

義隆はクロを床に下ろし、田島の後ろをついて歩く。

「あー……宏隆《ひろたか》か。あいつは元気でやっているのか？　ちゃんと飯を食っていけてんのか？　スタイリストって仕事は、一人前になるまで大変なんだぞ？」

「仕事はようやく順調になってきたそうです。で、一緒に住んでる恋人が料理上手。私も食べたことがありますが、かなり旨い。……私はもう、あいつの世話はしなくていいんです」

義隆はゆっくりと前髪を掻き上げて、「誰の世話もしなくていいんだ」と、つまらなそうに言った。


昼食が終わった頃に、宮野家に職業不明年齢不明の男たちが集まってきた。

みな両手に紙袋を持ち、どことなく浮かれている。

彼らは勝手に上がり込み、宮野家で一番広い一階奥の座敷に向かう。

大きな座卓が二つと、いくつもの座布団、座椅子が無造作に置かれた空間に集まってきたのは、義隆の現担当編集と元担当編集たちだった。

彼らは表面では和《なご》やかに挨拶を交わしつつ、どうやって他社より多く義隆のスケジュールを押さえるか考えている。

みな会社に自分のデスクがあり、担当も義隆だけではないのだが、この家は大変居心地がいいらしく、みなここで、携帯電話とノートパソコンを駆使《くし》して仕事をしていた。

ぼんやりしているように見える義隆同様、この家もふわふわと気持ちいいのだろう。

「佐藤義隆伝説は相変わらずですか?」

「ええ。こっちが指定した一次締め切りの前日に、必ず原稿を上げてくれます」

「クオリティも落とさないんだよね、佐藤先生って」

「静かに、しかし確実に売れる作家だ」

「隠れファンが多いんですよね」

「あー……、隠れというより……わざわざ『私、佐藤義隆が好きなんだ』って言わないファンというか……先生の名前を他の読者に知られたくない独占欲というか」

他の編集が「奥ゆかしいファンも多いぞ」と口を挟む。

奥ゆかしいファン。

その言葉に、その場にいた全員がだらしない笑みを浮かべ出した。

「俺たちの先生は、まるでかすみ草かスミレ……」

「え？ 俺はいつも芍薬《しゃくやく》か牡丹《ぼたん》をイメージしていた」

その例えに、何人もの編集たちが「俺は椿《つばき》！」「いや水仙だろう」「純白の百合だ！」と、頬を染めながら主張する。

誰一人として「先生は男なのに、どうしてお花に例えるの？」と突っ込みを入れるものはいない。

「初めて先生と出会ったときのことを思い出すと、胸の奥が甘酸っぱくなるね！」

「その気持ち、よく分かる」

「先生の写真集が出ればいいのに。俺が買うのに」

一人の編集の言葉に、みな苦笑する。

誰かが「でも、顔はあんまり関係ないんじゃねー?」と突っ込みを入れた。

だが別の編集が「関係あるよ。今は、売りになるならなんでも出さなきゃ」と反論した。

「だったら、佐藤先生は最高じゃないか!」

「ばーか。先生は、写真を撮られるのが嫌い。人前に出るのが嫌い。担当なら、これくらい覚えておけー」

最近担当になったばかりの編集が、偉そうに言う。

ああそうでした。俺たちの先生は、メディアに出るのを嫌う人です。

座敷に、むさ苦しい男たちの切ない思いが、溜め息となって響き渡った。

そこに、乱暴に障子を開けて田島が入ってくる。

義隆の健康管理を引き受けており、かつ、マネージメントもしている田島は、編集たちに容《よう》赦《しゃ》がない。

「義隆は今、お昼寝中だ。大きな声を出すな。……ったく、元担当はここで油を売ってないで、さっさと帰れ」

「ばれましたか」と、元担当たちがバツの悪そうな顔でそそくさと帰っていくと、座敷に残っている編集は田島を入れて三人になった。

「あいつらは、ここを休憩所か何かと勘違いしてるのか?」

「この家は不思議と居やすいんですよ。癒《いや》されるって感じ?」

「俺も俺も」

明らかに田島よりも十歳は年下だろう編集たちは、田島の怖い顔が見たくなくて極めて控《ひか》えめに反論した。

「まあ、それは分からなくもない」

「そう言えば、『アナタの背中、キミの腕』が有料チャンネルでドラマ化するんですよね」

刺青《いれずみ》男と隻腕《せきわん》の美女の恋物語は、前々からドラマ化が噂されていたが、オファーを受けて義隆が了解したのは地上波ではなかった。

『とことん、やっていただきたい。私が言いたいのはそれだけです』

義隆が制作側に頼んだのはその一点だった。

代理として作家の要望を伝えた田島も、「これは面白いものが出来そうだ」と思った。

事実、決定稿の脚本はかなり面白かった。

きっとオンエア後は、大きな話題になるだろう。そうすれば、佐藤義隆という作家は、もっと知られるようになる。

田島はそれが嬉しくて、にやりと笑った。

「……田島さん、怖いよ」

「俺の顔を見てる暇があったら仕事しろ」

編集たちは肩を竦《すく》め、教師に叱《しか》られた生徒のように、行儀良く「はい」と返事をした。

今日は一日のんびりしよう。

そう思っていた義隆は、布団に横になったはいいものの、少しも眠れなかった。

編集たちの話す声がうるさいというわけではない。

むしろ、いつも微《かす》かに聞こえてくる彼らの声を子守歌代わりにしていた。

「ああ、そうか……」

義隆はようやく合点がいった。

彼は明日、初対面の人間に会う。

新しい編集と顔合わせをするときも緊張するが、今回はその比ではない。

「ずいぶんと変わった仕事だ。どうして私は受けたんだろう」

著作のドラマ化なら話は分かるが、著作のビジュアル化とはいったいなんなのだ。今の若い連中は、何事も「見た目」から入るのか？

義隆は、頭の中を疑問でいっぱいにするが、答えはもう分かっていた。

弟の勤めている会社が、深く関わっているから受けたのだ。

田島は「本当にいいのか？　別に、宏隆が何か言ってたからとか、『アンバー』の企画だからってオーケーすることはない」と言ってくれたが、受けると決めた。

「私の本を読んでくれれば……色も、服も、何もかも、見えてくると思うんだけど」

相手は仕事のために自分の著作を読むのだろうが、義隆は、一読者の娯楽として読んでもらいたいと思って苦笑する。

「……しかし、だ」

こういう、畑違いの仕事をすることによって刺激を得たい。好奇心を満たしたい。そして、最終的に人見知りもなくしたい。

義隆は、最後にぽろりとこぼれ落ちた「本音」に苦笑した。

「そうだ。この年で人見知りもないだろう。みっともない。一人で何も出来なくなるぞ」

義隆は独り言を呟きながら寝返りを打ち、弟の恋人と会った時のことを思い出す。

眼鏡のよく似合う美青年だった。

宮野家は、何かイベントがあると兄弟がすぐに集合する。

末っ子が「男の恋人」を連れてやってきたときも、そうだった。

有名ブランドのデザイナーである次兄・幸隆《ゆきたか》の弾け振りをすぐそばで見ていたせいか、はたまたゲイに免疫《めんえき》ができたのか、長兄の友隆《ともたか》は嫌な顔一つせずに宏隆の恋人である冬夜を歓迎した。

もちろん義隆も歓迎した。

あのときは、相手が十歳以上も年下でとても大人しいということもあって、緊張することはなかった。

だが今度はどうだろう。

少しぐらいは、会う相手のことを田島に聞いておけばよかったと、義隆はそんなことを思いながら眠りに就いた。


緊張の翌日。

義隆はノートパソコンを開いて、自分で作ったスケジュール表を確認する。

今月も半分ほど過ぎ、仕事はすべて済ませた。

義隆は、雑誌の仕事はエッセイしか受けない。そして絶対に顔写真は出さないというこだわりようだ。とにかく、幼い頃から写真を撮られるのが嫌いなのだ。

代わりに、いつも愛猫のクロが美しい漆黒《しっこく》の毛皮と堂々とした体を披露している。

「クロが作家なら、これ以上素晴らしいことはないんだが……」

愛猫がキーボードを叩いている姿を想像し、義隆は「可愛いじゃないか」と笑みを浮かべた。

「独り言が多い」

思わず、自分に突っ込みを入れる。

あきらかに、以前より独り言が多くなった。

「だめだ。以前の私は、もっと物静かだった」

義隆はパソコンのOSを終了させ、座卓に両手をついて立ち上がった。

もうすぐこの家に、三名の来客がある。

そのうち一人はデビューから世話になっているアサギ出版の、何代目かの担当だ。

「おい義隆。一応、茶は用意しておいたが他に欲しい物はあるか？」

厳つい顔に立派な体の田島が、割烹着《かっぽうぎ》姿で義隆の部屋に入ってくる。

「差し入れのカステラ……」

「あれは先週、新しい編集たちと食ったじゃないか。あられの詰め合わせならあったぞ」

「じゃあそれで。……田島さん」

義隆は田島を見上げた。

「なんだ？」

「私は独り言が多くなりました」

「……前から、結構一人でブツブツ言ってたぞ？　今更《いまさら》じゃないか？」

田島は苦笑を浮かべ、真面目な顔の義隆を見下ろす。

「では、なんというか……自覚したと。人前で独り言を呟いたら、どうしましょう。想像すると気持ち悪い」

「おい義隆」

「は、はい？」

義隆は黒目がちの大きな目で、田島をじっと見つめた。なぜかしら、掌《てのひら》に汗を掻く。

「何をビビッてんだ？　子供じゃあるまいし」

「びびって……など……。それに私は、あなたよりは年下なので、そういう意味では子供でもかまいません」

「かーっ！　お前は三十八だろ？　四捨五入したら四十だぞ？　不惑《ふわく》だぞ？」

「どうしてそこで四捨五入するんですか」

「俺のルールだからだ」

「ここは私の家です。ハウスルールは私が発令します」

「発令だと？」

唇を尖らせる義隆の前で、田島は低い声で笑い出す。最初は唇を尖らせてムッとしていた義隆も、田島に釣られて笑い始めた。

ひとしきり笑ったあと、田島が「リラックスできたか？」と尋ねる。

「あ……」

義隆は右手を胸に押しつけた。

気持ちがずいぶん楽になった。

田島の気遣いだ。

するとタイミングよく、玄関のベルが鳴る。

「出迎えに……」

義隆は浴衣の袖《そで》をまくり上げて呟いた。

「その格好で出るな。着替えろ」

「これが私の戦闘服です」

「いいから着替えろ。先に俺が相手をする」

田島は義隆の腕を掴《つか》んで力任《まか》せに引っ張ると、畳《たたみ》の上に転がした。

そして、自分が玄関に向かって走った。


玄関の引き戸を開けた田島に、来客たちは絶句した。

厳つい男の割烹着姿を見せられたのだから、仕方あるまい。

「……田島くーん。あんたにそういう趣味があるとは思わなかった」

山田は笑いを堪《こら》え、割烹着姿の厳つい「オカン」を見つめる。

「座敷の掃除をしてやってたんだ。それだけだ」

「はいはい。……で、佐藤先生は？」

「あとで現れる。まずはさっさと座敷へ行け」

田島はまるで、乱暴な執事だ。

編集の吉野は慣れているのか「私がお茶を入れますよ」と、田島の後ろをちょこちょことついて行く。

「あの、田島さんていう人、佐藤先生のボディーガードか何かですか？　でかくて厳つい。何か武道をやってそうだ」

大地は、山田について座敷に入ると、腰を下ろしながら苦笑する。

「編プロ『アンバー』……つまりうちのトップ。……ヤツは外見は体育会系で実際強いけど、文学と奇抜《きばつ》な企画をこよなく愛する男なの」

「そうですか……。あ、ケーキ……渡しそびれてしまいました」

大地は、座卓の上にケーキの入った可愛い箱を置いた。

弟の冬夜は兄のリクエストに喜んで応《こた》え、手作りのリンゴジャムを使って、立派なアップルパイを作ってくれた。

『その……シナモンとレーズンは……入れずに作った。嫌いな人も多いから。食べるときに温め直して、熱々のアップルパイにアイスを添えると最高に旨い、ですよ、兄さん』

どこで覚えたのか、弟はたまに変な敬語になる。

だがその弟が作った物で不味《まず》い物は一つもなかった。

「はいみなさん、お茶ですよー」

「吉野さん、これ……。最高に旨いアップルパイです。温め直してから、これを上に乗せて」

大地はパイの入った箱をずいと彼女に向け、その横に徳用ケースのアイスクリームを置いた。

「大地君、それをずっとバッグの中に入れてたの？」

山田が半分呆れ顔で尋ねる。

「はい。スタイリスト御用達のバッグは、なんでもいっぱい入って楽ですよ。そしてアップルパイとアイスの組み合わせは最高なんです。是非皆さんにも味わってもらいたくて」

「いい匂いがする。……外国的組み合わせですね。ところで、シナモンは入っていますか」

新しい浴衣に袖の長いカーディガン、髪はボサボサの長いままという不思議な格好の男が、食べ物の香りに釣られて、ふらふらと座敷に入ってきた。

大地は「誰だこいつ」と、心の中で突っ込みを入れる。

「佐藤先生こんにちは。今朝、メールで原稿を受け取りました。ありがとうございました」

吉野は、センス皆無《かいむ》の服を纏った長身の男に挨拶をした。

……は？　マジ、ですか。

大地は、座卓を挟んで向かいに腰を下ろした男を観察する。浴衣を着ているると肩幅があるのが分かる。長身なのでスリムに見えるが、意外としっかりした体のようだ。着やせするのだろう。

しかし、だがしかし。

目の前の本物が、自分が読んだ話から想像した「佐藤義隆」とはかけ離れていて、大地は正直がっかりした。

大地の想像していた佐藤義隆とは、「銀縁《ぎんぶち》眼鏡に華奢な体格、髪や肌の色は淡《あわ》く、いつも控えめで、伏し目で微笑んでいそうな優しげな文学青年」だった。

どこからか「夢を見すぎだ」と突っ込みが入りそうだが、著者近影が公開されていない作家のファンの気持ちはこんなものだろう。

ヤバイ。想像と真逆のものが来たぞ。これを見たあとで、この人の小説群のビジュアル化が出来るのか？　あーあー……夢破れた。これじゃ文学青年でなく、ただの文学オタクだ。

大地は心の中で、ボソボソと文句を奏《かな》でた。

「あの……シナモン……」

義隆は、答えないまま黙っている大地に、再び声をかけた。

「あ、ああ、シナモンは入ってないそうです」

「よかった。……嫌いなんです」

義隆は右手で前髪を掻き上げ、無邪気な笑顔を見せる。

「……っ！」

大地は息を呑む。前髪を上げて容姿を見せた義隆に釘付けになった。

これもまた「泥中《でいちゅう》の蓮《はす》」とでも言うのだろうか。いや、違う。むしろ「掃《は》きだめに鶴《つる》」だろうか。義隆は、正解ではないが言いたいことは分かる言葉を、頭の中に次から次へと思い描く。

外見は大いにストライク。何度もストライク。ど真ん中過ぎて笑ってしまう。カラーコンタクトを入れたような大きな黒目に、細い鼻と顎《あご》。だが女性っぽさはなくて、むしろ筋張《すじば》って男らしい。無造作に伸びた髪は、彼が少し動くたびにサラサラと揺れて気持ちよさそうだ。触りたい。年の頃は同年代か数歳年上だろう。肌が艶々《つやつや》だ。……だが、作品のイメージと重ならない。こんな綺麗な顔で、バイオレンスものを書いたり、内臓が飛び散るスプラッターを書いたりするのか？　それでいいのか？　勿体《もったい》ない。

大地は、「だが、俺好みの性格だったら恋しよう」とバカなことを思いながら、義隆の一挙一動を見逃すものかと気合いを入れた。

義隆はケーキの箱を開けてアップルパイが入っていることを確認する。

「アンダー・ザ・ローズは秘密の話と言われるが、アンダー・ザ・アップルは何のメタファーか知っていますか？」

いきなり語り出した義隆に、大地はきょとんとした。

「ローズの方は有名ですけどね、アップルの方は知りません」

「セックスを指すんですよ。リンゴは豊饒《ほうじょう》の象徴であるとともに肉欲の象徴と言われています。古代ゲルマンでは……」

「まったくお前は、生活に役立たないネタばかり覚えて！　どうせ覚えるなら『お祖母《ばあ》ちゃんの知恵袋』を覚えろ。……というか、よく一人で人の輪に馴染《なじ》んだな」

田島が意外な顔をして座敷に入ってきたので、義隆は口を噤《つぐ》んだ。

「食べ物に……その、誘われたようです。それに、楽しそうな声もした。そしたら、待っているのが馬鹿馬鹿しくなってしまって。……で、君は誰でしょう」

義隆は視線を田島から大地に移し、そっと大地に顔を寄せ、「美形です」と感想を漏《も》らす。

「ありがとうございます、佐藤先生」

ようやく自分に意識を向けてくれたかと、大地はキラースマイルで対応する。

「え……？　あ、ああ……私は佐藤義隆です。ペンネームです。本名も名乗った方がいいですか？　それとも秘密のまま？　田島さん、こういうときはどうしたらいい？　私は」

どうでもいい知識の時は堂々と話すのに、普段の会話が壊滅的だ。

義隆は話している途中で、傍《かたわ》らの厳ついオカン……ではなく田島に助けを求めた。

「深呼吸をして落ち着け。その間に俺は、このアップルパイを切り分けてくる」

「私を一人にするんですか？　酷《ひど》い先輩だ。落ち着くまでここにいなさい。お願いします」

命令なのにお願いしている義隆がおかしくて、大地は「ぷっ」と噴き出した。

可愛い。どうしよう、もの凄く可愛い。その天然ボケっぷりがたまらなくいい。田島さんではないが、生活に大事な知識なんて少しも覚えてないんだろうな。お姫様みたいだ。可愛い。自分の物にしちゃいたい。さて頑張ろう。

大地は心の中で、ドレスを着た義隆を姫抱っこした。

そして、この思いをもって具現化させようと努力することを誓う。

不安そうに田島の後ろ姿を見ていた義隆に、大地は優しく声をかけた。

「先生。私は、あなたの書いた物語を立体ビジュアル化させるスタイリスト、長谷崎大地です。これからよろしくお願いいたします」

大地は義隆に名刺を手渡した。

「申し訳ない。私は名刺を持っていないんです」

「お気になさらず」

大地はとびきりの笑顔で微笑む。

義隆はのほほんとしているが、吉野は「だめ。その笑顔」と呟いて顔を真っ赤にした。

「立体ビジュアル化というのは……具体的にどういうことなのか教えてほしい。了解したものの、今ひとつピンとこないんです。そして私は、メディアミックスの打ち合わせに出席するのは初めてで、緊張しています」

義隆は最後に本音をちらりと見せて、右手で長い前髪を掻き上げた。

中途半端の長さの髪が、指の間からサラサラと流れ落ちる。

その仕草が妙に色っぽい。

浴衣にカーディガンはちょっと変だが、これから自分が直してあげればいいと、大地はそう思った。

「佐藤義隆の小説に出てくるキャラクターの、コスプレと撮影会ってところでしょうか。簡単すぎました?」

「そう言ってもらえるとよく分かる。コスプレか……。内臓が飛び出たり、血が噴き出したりもしますか? そういうのも見たい」

「内臓はNGです、先生」

吉野がキッパリと言う。

「それは残念です……」

義隆のしょんぼり顔を見た途端、大地は座卓に両手をついて身を乗り出していた。

そんな可愛いしょんぼり顔を、俺以外の誰にも見せないで……と、心の中で叫びながら。

「残念ではありません。先生が満足するものを作るんです。主に私が。期待してくださいというか、期待しなさい。大船に乗って。絶対に酔わせたりしません。安全運転です」

大地は、右手を胸に当て誓いのポーズを取る。さすがは元モデル、キザなポーズを嫌みなくやってのけた。

「タイタニックの方がロマンティックじゃない？」

山田が茶々を入れる。

吉野は唇を尖らせて「縁起でもない」と突っ込みを入れた。

「……そうか、長谷崎さんがそこまで言うならよろしくお願いします。私は、兄や弟と違って着るものに無頓着《むとんちゃく》なので」

「それは見ていればよく分かります。しかし浴衣は色っぽくていいですね。先生の浴衣姿は最高です。そして、俺のことは大地と、呼び捨てにしてください。是非」

ついさっきまでは、史上最悪のコーディネートだと思っていたことは棚《たな》に上げ、大地は義隆を褒め称《たた》える。

「ありがとう」

義隆は照れくさそうに笑みを浮かべ、小さく頷いた。

台詞《せりふ》を鵜呑《うの》みにして素直に礼を言う可愛らしさ。またしても天然ボケッぷり。笑顔。どうしてこの人は、疑うことをしないんだろう。天使か？　もしかして天使か？　地上に舞い降りちゃったのか？

大地は心の中で、背中に翼のある浴衣姿の義隆と二人で、「うふふ、あはは」とお花畑を駆け巡《めぐ》った。

この世にキューピッドが存在するなら、世界中のキューピッドは今、この座敷に集合している。しかもギュウギュウに詰まっているに違いない。

そして大地はピンクの矢で体中を刺されるのだ。というか貫通だ。

俺はバイだから、女子とも付き合えると思ってたのにもうだめだ。何日か前に振られたって？　もう相手の顔だって覚えてないですよ。この出会いがどれだけ大事なのか、よく分かりました。俺はこの人に会うために、彼女に振られる必要があったんだ。なんて運命だ。

我ながら現金だと、大地はそう思った。

だが、恋に落ちる理由は千差万別なので構わないだろう。

「精一杯、頑張らせていただきます」

「……ありがとうございます。しかし……最近の若者は、ずいぶんと積極的ですね」

「え？」

大地は気がつくと、義隆の右手を両手で握りしめていた。

右手は自分の胸に当てていたはずなのに、いつの間に勝手に動いたのか。

「おや」

ここで動揺するのはみっともないと、大地はあえて余裕の表情を浮かべた。

義隆は平然としているが、山田と吉野の顔は引きつっている。

「ちょ……っ！　大地君」

「私の先生に勝手に触れないで欲しいんですけど……」

「すみません。頑張ろうという気持ちが表に溢《あふ》れてしまったようです」

謝るときも、あくまでスマートに。

大地は、義隆になるべく悪い印象を与えないようにと考える。

「別に気にしなくていい。触《さわ》られたから減るという物でもないし」

義隆は暢気《のんき》に笑って見せるが、切り分けたアップルパイをトレイに載せて持ってきた田島は、

「減るだろうが」と突っ込みを入れた。

「ごめん、田島君。この子、先生のファンでもあるのよ。だから舞い上がっちゃったみたい」

山田はすかさず、大地をフォローする。

今回の企画には大地の腕が絶対に必要だが、義隆が「気持ち悪いからイヤだ」と言ったら、すべてだめになる。なので山田は密《ひそ》かに必死だ。

「ふん。こいつはまだマシな方だ。舞い上がった新人編集の中には、こいつをいきなり押し倒して抱き締めたヤツもいた」

田島はそう言うと、全員にアイスクリームを乗せたホカホカのアップルパイを配った。

なんだそれ。

座敷が、水を打ったように静まりかえる。

「え？　それ、私初めて聞きましたよ？　どこの新人ですか？」

吉野は眉間《みけん》に皺《しわ》を寄せ、義隆に詰め寄る。

「びっくりしたから思わず殴ってしまったんですが、ふすまを破って向こうの部屋に行ってしまったんです。様子を見に行ったら気を失っていたので救急車を呼びました。顎の骨の骨折と頸椎《けいつい》ねんざで、しばらく入院したそうです。ちなみにそのとき、会社も辞めている。だから社名は出さないということで」

義隆は暢気に「訴えられなくてよかった」と笑い、大地は「殴られなくてよかった」と、顔を青くさせた。

「先生は武道もたしなんでいるんですね」

「子供の頃は、私だけが体が弱かったんです。そうしたら、一番上の兄が自分が通っている空手道場に連れて行ってくれて」

義隆は、「なんだかんだで道場通いは、仕事が忙しくなるまで続いたな」と懐かしそうに呟く。

よく見ると、作家にしては両手がごつく、優雅な外見とは釣り合っていない。空手で鍛えた拳《こぶし》なのだろう。

「田島さんも、もちろん空手をやっていたんですよね？」

大地は「サークルの先輩でしょう？」と続けて、視線を田島に向けた。

アップルパイを食べようと大口を開けていた山田は、そのやりとりに盛大に噴き出した。

吉野はぷるぷると震えて笑いを堪え、田島は「その質問には飽きた」という顔をする。

「そんなに俺に空手をさせたいのか？　俺はこいつの先輩だが、俺たちは空手ではなく登山サークルに所属していた」

登山者というよりは「雪男」と間違えられそうだが、田島は「山には常に敬意を払うものだ」と、明後日の方向を見て呟く。

「どちらにせよ、肉体派編集ですね」

「体は鍛えているが、よくいう脳筋《のうきん》じゃないぞ。繊細さは持ち合わせている……と、思う」

高圧的な田島が自信なげに自分を語る姿に、大地は好感を持った。

「厳ついユキ兄のようで、そばにいてくれると安心します」

「友人ではあるが……幸隆と比べられるのは大いに複雑だ」

田島はますます厳つい顔になる。

義隆は「深く考えなくても」と呟いて、頂き物のアップルパイを口に入れた。

そして、ぴたりと動きを止める。

もしかして口に合わなかったのだろうか。

誰もがそう思った。

しかし。

「……私はこの味を知ってる。こんなに旨い物を忘れるわけがない。うちの末っ子の恋人が作った菓子と同じ旨さだ」

義隆は「なぜ?」と呟く。

「そのアップルパイは、私の弟が作った物ですけど……?」

冬夜の作った物だと分かるほどあいつの料理や菓子を食べたことがあるのは、俺たち家族と、冬夜の恋人だ。それ以外で考えられるのは……。

大地は、もしやと思いつつ義隆に尋ねてみた。

「先生は、長谷崎冬夜を知っていますか?」

「ええ。うちの末っ子の恋人ですが」

義隆が正直に答える。

まず、義隆の兄弟をよく知っている田島が固まった。

続いて「佐藤先生は男ばかりの四人兄弟」だと知っている吉野が白目を剝《む》いた。

そして、友人の五月から冬夜のことを聞いていた山田が、上唇を噛《か》んで沈黙する。

そこでようやく、義隆は自分がとんでもない秘密をしゃべってしまったと気づいて、気まずい顔をした。

「なるほど繋《つな》がった。先生は、うちに勤めている宮野宏隆と兄弟なのか。……あれ? でも名前が……」

大地は、謎が解けた顔で義隆に再び質問する。

「ですから、その……佐藤義隆はペンネームで本名は宮野義隆です」

「そうか。ペンネームだというのを忘れていた。……ふむ、宮野は冬夜を連れて、すでにこの家族に紹介していると。外見だけの男かと思ったら、意外にやるもんだな。彼への態度を多少は改めてやらなければ」

「……長谷崎さん。今の言い分だと、私の大事な弟はパワーハラスメントを受けていることになる。真相は？」

義隆は鋭い視線で大地を見た。

「大事な弟がゲイになったら、そりゃあ兄としていろいろ心配するでしょう？　散々遊ばれたあげくに捨てられたらどうしようとか。弟の冬夜は繊細で傷つきやすいんです」

「私も……弟の宏隆のことは心配している。年の離れた末っ子で、今は南国で老後を送っている両親からくれぐれもと頼まれているんです」

「宏隆君のお兄さんと聞きましたが、まったく似ていないですね」

兄弟ならどこかしら似ている。

大地たち長谷崎三兄弟も、並んで立つと「あー、兄弟だわ」と見る人すべてを頷かせる遺伝子があった。

「私たちは、同じ両親から生まれた四人兄弟です。……これを見なさい」

義隆は浴衣の襟《えり》に右手を突っ込み、細い革紐《かわひも》で繋がれた写真を引っ張り出す。樹脂《じゅし》加工された写真のプレート。宮野家の家族写真だ。

大地だけでなく、山田や吉野も写真に顔を寄せ、それをまじまじと見つめる。

幸せそうな両親と四人の息子が写っていた。

「末っ子の宏隆が成人式を迎えたときに撮った家族写真です」

「お父さん……カッコイイですねぇ……」

吉野がうっとりと呟く。

「私だけ……母親似なんです」

義隆は、母親と自分の顔を交互に指さした。

面差《おもざ》しや、きゅっと切れ上がった目の形が、確かによく似ている。

義隆は「こういうとき」のために、家族写真を身につけているようだ。

「……写真を見なければ血が繋がっていると分かってもらえない。だから私は、写真が嫌いなんです。逆ギレでも構いません」

大地は、自分がこっそり呟こうとしていたことを義隆に言われて苦笑する。

「それにしても先生は……女性だったらもの凄く綺麗だと思いませんか？　この写真、お兄さんじゃなくてお姉さんみたい。男装の麗人という感じですね。スーツを着ているから」

吉野は思わず感想を漏らし、申し訳なさそうに口を閉じた。

「子供の頃は学校で『兄さんたちに全然似てない。貰《もら》われっこだろ』と苛《いじ》められたものです。どうして自分だけ母親似なんだと悩んだこともありました。しかし、年の離れた弟が出来てからはどうでもよくなりましたね。『にいたん』と言いながら私の後をついてくるのが可愛くて可愛くて」

義隆は吉野の言葉を気にせず、末っ子の写真を指さしながら「今でも充分可愛い」と微笑む。

「先生は弟《おとうと》さんが大好きなんですね。実は私もですよ。どうして男の彼氏を作ってしまったのか謎なんですけどね。まあ、あの子が幸せならそれでいいかと」

大地は、まるで恋人のように弟のことを話す義隆を見ながら呟いた。

「そうですか……。私はただ、びっくりしただけでした」

義隆は気まずそうに視線を座卓に落とし、小さな声で「あと、寂しかった」と付け足した。

「分かります。もの凄く分かります。大事な弟が巣立ってしまうもの悲しさ、胸にぽっかりと穴が空いたような切なさ。……凄く寂しかったです。言わせてもらえれば、今も少し寂しいです。それだけ可愛い弟なんですよ、冬夜は」

「長谷崎さん、まったく同感だ。私も、宏隆がこの家に戻ってくればいいと思っている。そうすれば、また以前のように兄弟二人でなかよく……、あれ?」

義隆はしゃべっているうちに、弟がこの家に戻って来るということは、冬夜と別れたことになる……という結論に気づいた。

「いや、それはいけないっ！　大事な弟の不幸を願うなんて兄として失格です。それに、弟の恋人が作ったケーキは大変旨かった……」

「冬夜の料理の腕は、シェフも脱帽です。宏隆君の恋人は長谷崎冬夜です。名前をちゃんと覚えてください。俺の弟なんです」

大地は、生真面目な顔の義隆をじっと見つめて「可愛くて大事な弟の名前は冬夜です。大事なことだから二度言いましたよ」と、テストの要点を教える教師のように言った。

「はい、覚えます」

義隆は生徒のように素直に、何度も頷いた。

「あの……そろそろ仕事の話に戻ってもいいかな？　これ以上、人様のプライベートを聞いてるのは辛《つら》いんだけど」

すっかりアップルパイを食べ終えた山田が、複雑な表情で口を挟む。

義隆は「あ」と声を上げて小さく頷き、大地は「すみません」と苦笑した。

「取りあえず言っておく。こいつの前で兄弟の話をするな。いつまでも話し続けるから。いつもは無口なくせに、兄弟の事……特に末っ子のこととなると人が変わるんだ」

田島はそう言って、義隆の頭を乱暴に撫で回す。

義隆は嫌がらずにされるままだ。

大地は彼らの「信頼関係」を見せられたようで、羨《うらや》ましく思った。

自分があんな風にできるようになるまで、どれくらいの時間がかかるんだろうか。いややや、あんな親鳥と雛《ひな》のような関係ではなく、もっとこう……ねっとりしっとりとした大人の関係になりたいんだ、俺は。

大地は、皿に残っていたアップルパイを食べるために大口を開けた義隆を見た。

すると彼は食べるのをやめて、自分のアップルパイを大地に向かって差し出す。

「え？」

「物欲しそうな顔をして……。足りないなら足りないと言いなさい」

真顔で呟く義隆と違い、大地はカッと頬を染めた。

「お、俺は……そんな顔してましたか？」

義隆は頷き、大地に「はい、あーん」と口を開けさせようとする。

「ちょ……先生。俺は二十八歳です。子供ではありませんから……っ」

「私よりちょうど十歳年下か。……宏隆は十四歳年下です。……ほら、食べなさい」

「え？　じゃあ三十八歳っ？　見えないっ！　なんでそんなにアンチエイジングっ！　俺はてっきり、三十がそこいらだと……」

大地は最後まで言えなかった。

「兄弟プレイ」をしたい義隆に、強引にアップルパイを食べさせられたのだ。

「……一時はどうなることかと思った」

山田は濡れ縁に出て煙草を銜《くわ》えた。

隣には田島が、同じく煙草を銜えて腰を下ろしている。

吉野はここには来ず、義隆と大地の間に入って、話が脱線しないように仕切っていた。

「義隆が誰と付き合おうが、俺には関係ないがな。あいつの仕事に支障《ししょう》をきたさなければ」

「あー……、私は生々しい話はパスかな。にしても、さすがは幸隆の弟ね。顔はまったく似てないけど、目元涼しげな美青年。いや美中年？　綺麗なのに、なよなよしてないのが好印象。もっと早く会いたかったなー」

そう言って、山田は紫煙《しえん》を吐き出した。

田島はしかめっ面《つら》をする。

「あいつは、恋人や夫には向かないぞ」

「何？　その言い方」

「アタックするなってこと。お前はいつも猛烈《もうれつ》だから」

「おい、田島。編集者が死語使うな。恥ずかしい」

編プロ立ち上げの中心は田島だが、そのメンツに山田もいた。だから、二人だけになるとつい昔の口調に戻る。

「今日は仕事じゃない。義隆の子守だ」

「そういえば田島って……昔から可愛いものが好きだったよね」

山田が苦笑する。

田島は深呼吸するように深く煙草を吸い、溜め息とともに紫煙を吐き出した。

「お前が連れてきた、あのスタイリスト……本当に使えんのか？　顔だけはキラキラ輝いて態度は堂々としているが」

「使えるよ。五月のお墨《すみ》付き」

山田は五月と親しい仲で、田島も五月の友人だ。

「ほう。あの『日本のスタイリストは私だけでいい』と思ってるようなヤツが、他人を認めるとは」

田島の目が丸くなる。

すると、厳つい顔が意外にも可愛らしくなった。

「それ言い過ぎ」

「ええっ！　そんなことしていいんですかっ！」

ぷうと紫煙を吐き出していた山田と田島の背中に、吉野の黄色い悲鳴が響く。

田島は吸いかけの煙草を灰皿に押しつけて火を消し、無言で立ち上がった。

山田もそれに続く。

「ですから……先生がおっしゃるコスチュームイメージは抽象的すぎて、俺にはよく分からないんですっ！　だから、一つ屋根の下で暮らせば分かるのではないかと……」

大地の説明に、吉野は口をぽかんと開けたまま「それって同棲《どうせい》？」と呟いて沈黙した。

「失敬だとは思いませんか？　私の説明のどこが抽象的と？」

「メタファー尽《づ》くしでピンと来ません」

「ありすぎると煩《わずら》わしいが、小説には必要なものです」

「俺たちの共同作業は小説を書くことではありません」

「だが私の小説の文章が載る」

義隆は座卓を両手で強く叩きながら、唇を尖らせた。

その幼い仕草に、大地の心は思わずきゅんとときめく。

四捨五入で四十になる男の拗《す》ね顔が可愛いなんて、俺は男として終わってるな……。

大地は心の中でこっそり呟き、「ゲイとして始まったな」と前向きに考えた。

ここに二人きりなら、携帯電話のカメラ機能を駆使しただろう。ぷんぷん拗ねる義隆のフォトジェニックな姿を撮りまくるのだ。

だが、山田と田島がそれを許さなかった。

「今……同棲って聞こえたんですけど」

山田がしょっぱい顔をして、大地の横に腰を下ろした。

「え……？　同棲……だと？　誰と誰が？」

義隆はきょとんとした顔で、山田に視線を向ける。

「先生。佐藤先生、ちゃんと俺の話を聞いてください。俺が、この家に下宿してはいけませんかという話をしていたでしょう？　理由は、あなたの発するニュアンスを完璧に理解したいからです。自分にしか通用しない言語は勘弁してください」

「そんな宇宙人みたいな言葉は使っていません」

義隆は、本来反応しなければならないところはスルーして、「言葉」にこだわっていた。

「おいこら、義隆。お前が誰かと喧嘩をするところなど、初めて見た。どれだけ酷いことを言われたんだ？」

田島は、義隆の浴衣の襟首を掴んで自分の背中に隠して大地を睨む。

「俺は、擬音《ぎおん》とたとえの多い先生の話を上手く理解できないから、同居して親睦《しんぼく》を深めましょうと言ったんです。それだけです」

「こいつの擬音は今に始まったことではないが……そうかなるほど。スタイリストと同居するかどうか、か……」

田島が眉間に皺を寄せ、小さなため息をつく。

「私と……この人が？　同居？　私は家族以外と暮らしたことがない……」

「知ってる。だから、同居も仕事だと思え」

「みんなで一緒に暮らすというのは？　部屋はたくさん空いている」

義隆の提案に、山田と吉野は即座に首を横に振った。

彼女たちは「プライベートは大事にしたいです」と口を揃える。

「じゃあ……田島さんは？　先輩、どうだ？　私と一緒に暮らしなさい」

義隆は偉そうにお願いするが、田島も女性たちと同じように首を横に振った。

「通うのは構わないが、泊まりはだめだ。うちのモモが許さない」

モモとは、田島が飼っているキジトラ模様の猫で、現在遊び盛りの七ヶ月女子だ。

義隆は、「ならばモモも一緒に」と思ったが、口を閉ざした。

自分もクロという黒猫を飼っている義隆は、猫の習性を思い出す。

猫は臆病で用心深い。他家に連れてこられたら文字通り「借りてきた猫」となり、下手をすると小さな隙間に入ったまま、自分が落ち着くまでいつまでも籠城《ろうじょう》するのだ。

「……俺、そんなに信用ないですか？　一緒に住むと言っても、四六時中先生と一緒にいるわけではありません。一緒に風呂に入ろうとか、一緒に寝ましょうとか、そういうセクハラはし

ませんから」

大地はため息交じりに言う。

仕方なしという態度はわざとだ。

浮かれた様子を見せて子供っぽいと思われるのは嫌だし、女性たちから「変なことを考えているのでは？」と突っ込まれたくない。

何より大地は、ある意味義隆のボディーガードである田島に、自分の邪《よこしま》な気持ちを知られたくなかった。

「……私の仕事に差し障《さわ》りがないのなら、その……同居しても……」

義隆は「大丈夫かな？」の問いかけを、大地にではなく田島にした。

「大丈夫だろう。そんなに心配なら、幸隆か宏隆に泊まりに来てもらえ」

「いや……心配というんじゃないんだ。いつもは一人か、複数の編集と一緒で……。だから、二人きりでどんな話をしたらいいのかと思うと、今から緊張する。他人と一緒に暮らすなんて、想像しただけで……」

義隆はしかめっ面をして、両手で胸を押さえる。

「他人というか……『義理の兄弟』ですね」

大地は、我ながら面白いことを言ったと思った。

義隆は大きな黒目でじっと大地を見つめていたが、「なるほど」と膝《ひざ》を打つ。

「付き合いは長いが……俺はたまにお前が分からなくなるぞ、義隆」

田島は呆れ顔で呟いた。

「私は、先生は天然系不思議ちゃんだと理解してます」

吉野は、それが当然のように言う。

「とにかく、俺を住まわせる理由ができてよかったですね、先生」

「そうですね義弟《ぎてい》」

「……それは勘弁してください。大地と呼び捨てにしてくれれば」

「大地……ですか。了解しました」

義隆は真面目な顔でちょこんと頷く。

「さあ、話がまとまったなら仕事をしようかっ！　話を煮詰めたいと思うんですけど」

山田は、今ここで強引に話を進めなければ今日は世間話で終わってしまうと焦《あせ》り、素早く座卓の上の資料を開いて見せた。


途中でおやつ休憩を挟みつつ、どうにかミーティングは終了した。

気がつくともう、六時を回っている。

「私、会社に連絡を入れてきますっ！」

吉野はバッグから携帯電話を掴み、庭に向かって走った。

「では、俺も」

大地も、のっそりと立ち上がって庭に向かう。

スラックスのポケットから携帯電話を取り出し、吉野の隣で会社に電話をかけた。

「大地さんは姿勢が正しいいな。着物を着たら似合いそうだ」

義隆の感想に、山田が「元モデルだから」と説明を入れる。

「では、ユキ兄《にい》のショーにも出たことがあるのでしょうか」

「大学を卒業してモデルも辞めたから……どうだろう、ギリギリかな。幸隆さんがデュプレを立ち上げたのっていつだっけ？」

「十年前です。あのときは、家族親戚一同、モデルとして駆り出されました。……モデルを雇うにもギャラの折り合いが付かなかったそうで。身内総出の内職ショーだったが、好評を得たと聞きます」

「モデル……したことあるんですか？　先生」

「だからそのとき」

「よっしゃっ！　決まりっ！　『佐藤義隆の世界』のページに、ご本人モデル登場っ！」

山田の、有無を言わせない強引な提案に、義隆は頬を引きつらせて首を左右に振った。

田島さんとユキ兄の友人なのは知っているが、どうしてこの人はいつも命令口調なんだろう。反応に困る。というか怖い。もう少しおっとり構えてほしい。

義隆は心の中でこっそりと呟き、山田を見て口を開いた。

「作家はやたらと表に出るものではない。私はそう思っています」

義隆は途中で口を閉ざすと、もぞもぞと田島の後ろに移動する。

「俺はバリアか」

「その通り」

「なんなんだおい」

「私には、そういう煌《きら》びやかな世界は向いていない。自分の知らない誰かに顔を知られたくない。気持ちが悪い」

義隆の言葉に、田島は「そういうことだから」と山田に言った。

「本人が嫌なら、無理にとは言わないけど……」

山田は「いろいろとチャレンジする作家もいるんだけどね」と、勿体なさそうな顔で呟く。

「私は、そういうところは保守的です。作家は文章を綴《つづ》るのが本職」

「ふむ。了解しました。……でも、著者近影はどうするの？　先生。またいつものようにクロちゃん？」

のしのしと廊下を歩いていたクロは、呼ばれたと思って座敷に入ってきた。

そして、義隆の体に両前足を置き、ぐっと伸びをする。

「巨大ウナギみたいね。太くて長くて、毛皮が艶々しているからぬるって感じに見える」

「いつも通りに、クロの写真で。クロならば、いくらでも被写体にしてくれ」

「……そうですね。カメラマンと相談します」

撮影担当のカメラマン・藤原は、時間が合わなくてここにはきていない。

「カメラマンが来てないのは別に構わない。撮影は、いろんな物が用意されてからだからな」

田島は軽く頷く。

「義隆に負担のかかる進行だけは避けてくれ。いいな?」

「分かってます」

山田は「当然だ」と、肩を竦めて答えた。

義隆は、視線をふと外に向ける。

携帯電話を右手に持って会話をしている大地の姿が見えた。

長身の人間は、猫背になるものが多い。

だが大地の背筋はぴんと伸び、とても美しかった。

名匠の彫刻のような横顔が夕日に映《は》える。

まるで物語の一シーンだ。

思わず見惚《みと》れていると、目が合った。

大地は見られ慣れているのか、義隆と目が合っても動じない。

逆に笑みを浮かべて見つめ返す。

義隆は驚いたが、目を逸《そ》らすタイミングをなくした。

どうしよう。このまま、いつまでも見つめ合っていいものか。こういうことは、普通は男女間であるものだろう。男同士で見つめ合って……この先何が始まるのか。

義隆は、心の中にざわざわするものを抱えたまま大地を見つめた。

このままではだめだと、自分にどういう理由をつけて視線を外そうか、必死に考える。

そのうち、大地は電話を終えた。

携帯電話を閉じる一瞬、大地は視線を逸らす。おかげで義隆も「向こうが先に視線を逸らしたから」と理由をつけて、視線を外すことができた。

「そうそう。俺はいつからここに住んでもいいですか？」

大地は爽《さわ》やかな笑みを浮かべ、座りながら義隆の顔を覗き込む。

「私は……いつでも構いません」

「では、明日からよろしくお願いします。あとで合い鍵をいただければ幸いです」

「合い鍵……。うちに合い鍵は……作ってもらわないとないな」

義隆はそう言って、田島の背を軽く叩いた。

「俺が今日の帰りがけに、作ってもらっておく」

「頼みます、先輩」

苦笑しながら返事をする田島に、義隆も笑う。

義隆は「さてどうするか」と腰を据《す》えて考えてしまうところがあるが、田島はいつも「考えることもない」と、義隆に答えを示す。

それは二人の間にできた信頼関係でもあった。

「先生には、いつも通りの佐藤義隆言語でお願いしますね。俺が理解します。いや、解読か。正確に読み解いて、著作の内容に相応《ふさわ》しい空間と衣装を用意します」

「小説書きは、他人に伝わらない言葉は使いません」

義隆は、最初に大地と言い争いになった原因を蒸し返し、つんとそっぽを向いた。

「使ってるんだけど……」

「使っていません。だいたいあなたは、ザクッと言い過ぎる。そういうものは、ぐるって感じに遠回りして、心の中でドウドウと落ち着かせるものだ。そのままをガッツリ言ってはならない。人間関係がピキピキとひび割れてドシャーンだ。バリッとなってしまうと、ぺたっと付かないでしょう?」

「先生、子供じゃないんですから、その言い方は……」

大地は笑いを堪えて呟く。

「初対面の人間に、その早口はやめておけ」

田島は呆れ顔でため息をついた。

山田は笑いを堪えて変な顔になる。

ようやく座敷に戻ってきた吉野は、「どうしたんですか？　楽しそう」と無邪気に言って、義隆の神経を逆撫《さかな》でる。

「早くしゃべろうとすると、擬音が多くなるんです。だがちゃんと伝わるでしょう？」

むきになる義隆を見て、大地はついに声を出して笑った。

「先生って可愛い。癒される」

大地が発した言葉に、その場にいた全員が同意し、やはり堪えきれずに笑い出す。

可愛いだなんて、今まで言われたことがない。なんなんだこの男は。私は君より十歳も年上なのに、バカにするのか？　さっきは見惚れて損をした……っ！

義隆は怒るよりも恥ずかしさがこみ上げ、顔を真っ赤にした。

「私は……みんなが笑うような楽しいことを言っているつもりは……」

こっちは正当な理由を言っているはずなのに、まわりはまだ笑っている。田島までも「お前は本当に可愛いよ」と、目を細めた。

「……勝手にしてください」

義隆は険《けわ》しい顔でそう言うと、愛猫のクロを抱き上げて座敷から出た。

「……天《あま》の岩戸《いわと》のアマテラス状態になっちゃいましたけど、大丈夫ですか？」

フォローも何もせずに宮野家を後にした大地は、一緒に歩いている田島に伺《うかが》いを立てる。

「気にするな。あいつの擬音満載の早口はいつものことだし、久しぶりにたくさんしゃべって怒って、今頃はその反動で疲れ果てているはずだ。一晩寝れば、自分が怒っていたこともすぐに忘れる」

「羨ましい性格だわ……。私なんて……怒った理由とかいつまでも覚えてるもんね」

「うわー、山田さんらしいですね」

吉野が女子高生のような口調で言ったので、山田は彼女の頬を摘《つま》んで「皺ができますように」と引っ張った。

そんな和やかな中、大地が「あ」と声を上げる。

「すみません、俺……携帯を忘れたみたいなので、取りに行ってきます」

大地は、いつも携帯電話を入れているスラックスのポケットを右手で叩いた。

「俺が取ってこよう」

「自分で行きます。田島さんは、女性二人の見送りをお願いします。では、ひとまずこれで。お疲れ様でした」

「次のミーティングは来週だからね。あとでメールする」

山田が手を振り、吉野も「お疲れです！」と言いながら手を振った。

大地は軽く頭を下げ、きびすを返して走り出す。

背中に感じる視線が少し痛いのは、自分がやましい気持ちを持っているからだ。

大地の携帯電話は、ジャケットのポケットに入っていた。

とにかく彼は、義隆を怒らせたまま帰りたくなかった。

それに、今のままでは明日の自分の予定も告げられない。

二人きりでしっかりと話をしたい。もしかしたら、手ぐらい握らせてくれるかも。いや、それは性急か。まあいい。なるようになれ。

大地は来た道を戻りながら、頬が自然に緩《ゆる》むのを抑《おさ》えられなかった。


どうしてこの人は、ここにいるんだろう。

大地は、玄関の引き戸に鍵がかかってないのにも驚いたが、義隆が上がりかまちに腰を下ろして、沓《くつ》脱ぎ石に足を揃えていたことに驚いた。

義隆も驚いたようで、目を丸くして大地を見ている。

「俺が戻ってくると思っていたとか……？」

「宏隆から、今夜は実家に泊まると電話があったので、ここで待っていました」

「もうすぐ帰ってくるんですか？　宏隆君は」

だとしたら、その前に言いたいことを言っておかなくては。

大地は神妙な顔で尋ねる。

「五分ほど前に、駅に着いたと電話があったので……あと十分か十五分ぐらいで着くと思う」

「そうですか。……って、どうして弟が帰ってくるのに、兄が玄関で待っているんですか？」

「大事な末っ子の顔を、少しでも早く見たいという兄心です。あなたも弟がいるなら、それぐらいわかるでしょう」

義隆の言葉に、大地は思わず「そうですね」と頷いた。

「で？　あなたはなんの用で？」

「そ、そうっ！　それですっ！　明日の夕方からここで暮らしますから。荷物は追々《おいおい》持ってきますが、取りあえず布団があるかどうか聞こうと思って」

「来客用の布団が。そうか明日の夕方からか。ならば私が布団を干しておきましょう」

義隆は、ふわふわの布団は気持ちがいいと呟いて、大地に微笑みかける。

「もう……怒ってないんですか？」

「ああ。そんなに長く怒るものでもありません」

「よかった。綺麗な人の怒り顔も迫力があっていいですけど、先生はほわんと笑っている方が似合う」

「それじゃ私はバカじゃないか」

義隆はそれでも、くすくすと小さく笑った。

ああ、いい感じ。いい笑顔。

「あなたは面白い、大地さん」

義隆が笑う。

外見は若いのに、言動は年相応だから少々ギャップがある。今も年配者のように、軽く握った拳で口元を隠して笑っている。

カーディガンから見える白い腕が艶《なま》めかしい。

浴衣にカーディガンは、まるで小唄《こうた》か踊りの師匠だが、ごつごつと筋張った指がそれを裏切っている。空手をたしなんだ男の指だ。

「先生も、いろんなギャップが面白いです」

「ギャップ?」

「はい。浴衣にカーディガンはやめましょう。普通に着物を着てください。仕事着だと思えば、大したことはないでしょう?」

大地は一歩前に踏み出し、やんわりと駄目出しをする。

義隆は怒るかと思ったら、意外にも素直に頷いた。

「餅は餅屋という。あなたはスタイリストで専門職だ。意見を聞きます」

「では、明日から着物で」

「そうか。では誰が私の帯《おび》を結ってくれるんでしょうか」

部屋の中で着る浴衣だからこそ、義隆は自分で着られたし帯も簡単に結うことができたのだ。

「お、俺が……結い方を教えましょう。いや、是非とも結わせてください」

いきなり幸運がやってきた。

大地は、声が上擦《うわず》らないよう必死に冷静を保ち、義隆の隣に腰を下ろす。

「それと」

「まだ何か？」

「ええ。その、アニメのキャラクターみたいな中途半端に長い髪、切るか結うかどっちかにしてください」

「……首回りが寒くなる」

「じゃあ、結いましょう。俺が結いますから。この長さだと……後頭部で一本結びかな」

大地は確認も取らずに義隆のうなじに右手を滑《すべ》り込ませ、そのまま髪を掴んで持ち上げた。

外出が少ないからか、紫外線での傷《いた》みは殆ど見られない。艶々と輝いて、指を差し込んでいる場所がひんやりとする。たっぷりと潤っている証拠だ。

こういうのを緑の黒髪、鴉《からす》の濡れ羽《ば》色と言うのだろう。

さまざまなモデルを相手にしてきた大地でも、ここまで美しい黒髪は久しぶりに見た。

「綺麗だな……」

だからつい、口から賞賛の声が漏れる。

「何もせずに放っているだけです」

「髪だけじゃない。肌も綺麗」

「日焼けはしないと決めている。赤くなって腫《は》れるだけですから」

「何もかも艶々ですよ、先生。ほっぺ……触っていいですか？」

我ながら性急だと思う。

だが大地は、ツルツルの頬を間近にして、理性を抑えきれなかった。

「……男が男の頬に触れて楽しい？」

「少なくとも……俺は楽しいです」

義隆は不思議な顔をしたが、「減るものでもないし。どうぞ」と呟く。

「では早速……」

大地の指が義隆の頬に触れようとした、その瞬間。

「申し訳ありませんがっ！　大事な踊り子さんに触れないでくださいっ！　うちはお触《さわ》り厳禁ですっ！」

大地は苦虫を噛みつぶしたような顔になって、ゆっくりと振り返った。

そこには、いつの間に玄関の戸を引いたのか、背後に暗雲《あんうん》を背負った宮野家四男・宏隆の姿があった。

「お疲れ様です、大地さん。うちの兄になんの用でしょう。勝手に触られたら困ります」

宏隆は長谷崎スタイル所属のスタイリストで、師匠の五月の元から独り立ちして半年、順調に仕事を増やしている。

「お帰り、宏隆。何か食べるか？　田島さんが作ってくれたグラタンが冷凍庫に入っている。お前、好きだろう？　グラタン」

義隆はふわりと微笑み、弟を迎えた。

しかし、弟の方は大地に用があるようだ。

「ヨシ兄……俺は今、職場の上司とちょっとした話をしなきゃならない。飯はそのあとにする」

「そうか。じゃあ……大地さんにも上がって貰おう。お茶でも飲みながら話をしなさい」

「いや」

宏隆は首を左右に振って、視線を義隆から大地に移した。

「大地さんは忙しい人だし、俺の話もすぐに終わるから、ここで大丈夫」

ははん。この俺に宮野家の敷居《しきい》を跨《また》がせないつもりか？　もう跨いじゃったもんねっ！

大地は心の中で大人げなく叫び、余裕を見せて立ち上がる。

「気を使わないでください先生。俺も彼には話したいことがあったんです」

大地は紳士の皮を被り、どさくさ紛《まぎ》れに義隆の頬を指先で撫でた。

思った通りつるりとして、剥き立てのゆで卵のようだ。

義隆の、息を呑む音が聞こえた。

「そ、そう……か。ならば、私は夕食の支度でもしようか。うん、それがいい」

義隆は顔を赤くすると、ぎこちなく立ち上がる。そして、よろめきながら台所へ向かった。

さて、ようやく二人きり。

「どうして大地さんが俺の家にいるんですか？　そして、なぜ兄にベタベタ触るんです。いくらあなたが冬夜の兄であっても、俺の大事な兄に手を出すことは許さない」

まずは宏隆が、大地を責める。

「ここにいるのは完全なる仕事だ。義隆さんの小説と、服飾やグッズのコラボ本を発行する企画に参加したからな」

大地はあくまで余裕という「鎧《よろい》」を着たままだ。

「知ってますよ、その企画。俺がもっと名の売れたスタイリストだったら、兄弟コラボを披露できたのに残念です」

「決まってしまったことを蒸し返すな。とにかく俺は、明日からこの家で暮らすことになった。

義隆さんを完璧に理解し、素晴らしい作品を作り上げるために」

「大地さん……」

宏隆はため息をついてそこで一旦《いったん》口を閉ざし、再び口を開く。

「ヨシ兄は意外と世間知らずです。深窓《しんそう》の坊ちゃんと言ってもいい。だが、この家の家事を一手に引き受け、遠く離れた両親の代わりに、年の離れた末っ子である俺を立派に育ててくれた人だ。その兄を……ゲイにしないでくださいね。絶対ですよ。ヨシ兄は、人の好意に疑問を持ちません。しかしあなたは違う。好意を手段に変えることができる」

「……人の大事な弟をゲイにしておいて、よくもいけしゃあしゃあと言えたものだな、宮野」

宏隆はゲイではなかった。大地の弟である冬夜の方が「思うだけなら」と、片思いゲイだったのだ。紆余曲折《うよきょくせつ》の末に宏隆が「やっぱり俺もお前が好きだーっ！」と宣言し、ほんの半年前から可愛い冬夜とゲイ道《どう》を歩んでいる。

だが長谷崎家の兄弟たちは、宏隆が冬夜をゲイの道に引きずり込んだと思っている。

冬夜は何度も、成り行きを説明したが、未《いま》だに上手く伝わっていないようだ。

「それとこれとは話が別です。ヨシ兄はストレート。綺麗でほわんとしていて、白い芍薬のように地味なのか派手なのか分からないですけどね。もしかしてどっちもオッケーなんじゃないかと、相手に思わせるところは確かにありますが、それでもヨシ兄はストレートです。今まで付き合っていたのもすべて女性。俺が知っているヨシ兄はストレートです」

宏隆は玄関で仁王立ちし、大地を牽制《けんせい》する。

「つまり……なんだ。君は俺がゲイだと？　そう思っているわけか」

「ヨシ兄の髪を触って鼻の下を伸ばしていましたよ。ゲイでなくてなんですか？　髪フェチですか？」

「何を言う。俺はバイだ。男だけを愛するというわけではないし、髪フェチでもない」

はたして威張《いば》ることだろうか。

宏隆は頬を引きつらせて口をポカンと開けるという芸当を見せた。

「つい最近……彼女に振られてしまってね。それで人恋しくて、つい義隆さんの髪を触ってしまったんだろう」

「でしたら、もう少ししんみりしていればよかったのに」

「笑う門《かど》には福来たるというだろう？　いつまでも落ち込んではいられない」

「どうでもいいですけれど、この家には、編集だって寝泊まりしたことがないんです。家族の砦《とりで》ですから」

そらどうだ、という顔で胸を張る宏隆に、大地は苦笑を浮かべた。

「言いたくはないが、宮野。俺たちは……ある意味『義兄弟』なんだぞ？」

「え……？」

「君は俺の義弟というわけだ」

大地の呟きに、宏隆は目を丸くしてその場にしゃがみ込む。

「うわ……今まで考えたこともなかった。でも言われてみれば……理不尽ながら……そういう間柄……」

「これから仲良くやっていこう、義弟よ」

「だからといって、あなたとヨシ兄がカップルにならなくてもいいんですからね？」

大地はフレンドリーに話しかけるが、宏隆は兄の事となるといつもとキャラクターが変わるようだ。

「ヨシ兄は、俺たち兄弟の母親的存在というか、癒しなんです。穢《けが》されたくない」

こんなタイプのブラコンは初めて見たかもしれない。

確かに大地も、弟である冬夜は可愛い。幸せな人生を歩んで欲しいと思っている。自分たちで出来ることならなんでもしてやろうと思っている。

だが宏隆たち宮野兄弟は違うようだ。

実の兄を「癒し……♡」なんて言うだろうか。

「ブラコン度で負けたな……。別に勝たなくてもいいが」

「ブラコン？　俺たちはどこにでもいる普通の兄弟です。……ということで、大地さんが宮野家で寝泊まりすることは、宮野家兄弟全員に知らせますから。そのつもりでお願いします。では、さようなら」

宏隆は礼儀正しく、大地に礼をする。

このまま居座る理由は作っていない。今日のところは退散するしかないだろう。

大地は、頬を染めた義隆の顔を見られただけでラッキーと思い、宮野家を後にした。


宮野家、午後十時。

昼間は編集たちが居座っていた座敷に、今は宮野家四兄弟が座《ざ》していた。

上座《かみざ》に長男・友隆四十三歳。某一流企業の人事部総轄《そうかつ》であり、四歳年下の妻・美野里《みのり》との間に十五歳を筆頭に二男一女の父でもある。

続いて、次男・幸隆四十一歳。学生時代にゲイだとカミングアウトして家族に多大な衝撃を与えたが、自分で道を切り開く力と才能を持っており、現在は「デュプレ」のチーフデザイナー兼ディレクターとして生き生きとした人生を送っている。

そして下座《しもざ》に四男・宏隆。二十四歳。幸隆の影響でファッション業界へと進む。現在は長谷崎スタイルに所属し、スタイリストとして頑張っている。冬夜という可愛くて料理の上手い男の恋人と、彼のマンションで同居中。

渦中《かちゅう》の人である三男・義隆は、久しぶりに集まった兄弟たちに茶と菓子を振る舞った。

「あとは寝るだけだから、菓子は軽いものにした。みんな好きだろう？　卵ボーロ」

義隆は兄弟が揃ったのが嬉しくて、いつも以上にふわりとしている。

「義隆……」

友隆は茶を一口飲んでから、「うちにこい。みんな喜んでお前を迎える」と言った。

「だったら、俺のところにおいでよ義隆。毎日刺激的で飽きない。お前の仕事にだっていいネタを提供できるはずだ」

幸隆も、兄に負けじと提案する。

宏隆に至っては、「俺と冬夜がここに住めばいい」と大胆なことを言った。

義隆は、なぜ兄弟たちがこんなにも必死なのか今ひとつ分からなかった。

「私は……両親からこの家を任されている。家というのは、使っていないと傷むんだ。それに、編集たちも居心地良さそうにしてくれるのが嬉しい。私はここを気に入ってる」

「じゃあ、俺と冬夜がここに引っ越すから」

「一度家を出て独立したものが、また戻ってくるのか？　どうにもならなくなって戻ってくるのなら、兄さんは喜んでお前を受け入れよう。だが、理由もなく戻ってくるとは如何《いかが》なものか。男子の本懐《ほんかい》はどうした」

義隆はたちまち凛《りん》とした態度を取り、末っ子を諭《さと》す。

「理由もなくって……ヨシ兄。あるでしょう。赤の他人が一緒に住むという理由が。他人と一緒に住むくらいなら、兄弟と仲良く住めばいいじゃないか。な？　だから俺は、これは一大事だと兄弟に招集をかけたんです。トモ兄まで来られるとは思わなかったけど」

宏隆はそう言って、兄たちを見つめた。

「実のところ私は、この家のことでみんなを集めようと思っていた」

友隆の言葉に弟たちは目を丸くする。

「両親は南国で悠々自適《ゆうゆうじてき》生活だ。ここに戻ってくることはないだろう。葬式も、火葬したあと海に散骨《さんこつ》してと遺言を残している。……この家と土地は、そろそろ売ってもいいんじゃないかと思う」

「トモ兄……私は反対です。私はここに住み続けたい」

「内装を改築してあっても、かなり古い。それに義隆。一人で住むには広すぎるんだよここは」

「クロがいる。編集だって昼間来る。田島さんも通ってくる。広くない」

「……いつまでもお前のそばにいる人たちじゃないだろう？」

友隆の声は優しいが、義隆は頷けずに俯《うつむ》いた。

そんな義隆が可哀相だと、幸隆が代わりに口を挟んだ。

「財産を生前贈与《ぞうよ》するときに、義隆だけが『別にいらない』と言ったから、だから父さんが仕方なくこの家を義隆名義にしたんでしょう？　長男だからと言って、トモ兄がこの家について口を出すのはどうかと思うな」

「その財産贈与って……？　俺は何も知らないし、何も貰ってませんよ？　何も」

宏隆は、年の離れた末っ子は何も貰えないのかとショックを受けている。

「バカ。お前名義の財産は、私がしっかり転がして増やしている。安心しろ。本当なら、結婚式の時に通帳と印鑑を渡そうと思ったんだが……渡すタイミングを逸《いっ》した。いつがいい？　冬夜君が遊びに来たときにするか？　というか、男同士でもいいから式を挙げてしまえ」

カミングアウトも、二人目なら慣れたものだ。長男・友隆は、顔を赤くする宏隆に苦笑する。

「なるほどねー。そういうことになってんだ。トモ兄、カッコイイ」

末っ子がもらう財産に関しては幸隆も知らなかったので、事実を知って安堵《あんど》した。

「人の事を言えるのか？　幸隆。なんでさっさとカミングアウトしたお前が、いつまでもこう……フラフラしているんだ。何歳まで私を心配させれば気が済むんだ、お前は」

注意の矛先が自分に向いた途端、幸隆は「そう言えば昼間、大地がここに来たんだってね」と話を変える。

「だから俺が……」

宏隆が今回の招集について口を開いた途端、横から義隆に邪魔された。

「はい仕事です。新しい仕事をすることになった。面白そうだ。まだ発表の段階にないから、みなには何も言えない。申し訳ありません」

義隆は上目遣いで兄弟を見て、ちょこんと頭を下げた。

「そして、その大地さんは、明日からしばらくここで一緒に暮らすことになった。私の言い回しが理解できないと言っていたのは腹が立つが、仕事なら仕方がない。それに、ずいぶん面白い人です」

義隆は顔を上げ、嬉しそうに目を細める。

下座では、宏隆が険悪な顔で舌打ちした。

「ヒロちゃん……お前、キャラ変わったよ？　幸せで充実した毎日を送ってると、そうなっちゃうもんなの？」

「だってユキ兄……あの人はバイなんだぞ？　ヨシ兄が押し倒されたら大変なことに」

両手で頭を抱える宏隆の向かいで、友隆が頬を引き釣らせて笑う。

「もし義隆もお前たちと同じ道を歩むとしたら……両親には絶対に言うな。いいな？　そして、うちの息子と娘たちに悪影響を与えないこと。与えるのは小遣いとお年玉だけにしておきなさい。いいね？」

友隆は遠回しに、義隆もゲイカテゴリに入れて話を進めている。

四人兄弟のうち三人までゲイの道を歩くと両親が知ったら、寿命が縮《ちぢ》んでしまうだろう。

どんなに理解しようとしても、だ。

だから兄弟は、「知らないことは幸せなのよ」という法則で行こうと決めた。

「面白い想像をしているようだが、なぜ私がゲイの道を歩まなければならないのだろう。訳が分からない」

無自覚とは恐ろしい。

学生時代の義隆は、「天然系癒し」「意思の疎通が難しいけど鑑賞したい」などと、まるで動物園の可愛い珍獣扱いだった。

だがそれは、今でもあまり変わっていない。

「もーもー、義隆ーっ！」

幸隆は座卓に上がって義隆に飛びつき、彼を力任せに抱き締める。

「ユキ兄……っ！　重い……っ！　太ったな……っ！」

「失敬な弟だなあ。俺は今、義隆を可愛がっているというのに……っ！」

「重いから……っ！　中年太り……っ！」

「可愛くないわね！　この子ったら」

「いい加減にしろっ！」

怒った友隆は、義隆から幸隆を剥《は》がし、座敷の奥に吹っ飛ばす。

「さすがはトモ兄。片手でユキ兄を吹っ飛ばすとは……」

友隆の、空手で鍛えた体は中年になっても衰《おとろ》えてはいないようだ。

宏隆は、自分の体は可愛い恋人のためにあるのだと、兄弟たちのじゃれ合いに参加しない。

「とにかく私は誰かの誘いに乗ることはない。恋愛のたぐいは、学生時代で終わりにしました」

きっぱり言い切る義隆に、二人の兄と一人の弟は切なげな顔をした。

「お前はまた……極端というか……」

「それは絶対に寂しいよ。恋はしなさい！」

「あー……うん、恋愛はいいと思う。毎日楽しい」

兄弟たちはそう言うが、義隆は「面倒くさい」と呟く。

「素性の知れない相手に騙《だま》されて、有り金どころか著作権まで奪われるよりは、一人でいる方がマシなのか？」

友隆の物騒《ぶっそう》な想像に、幸隆と宏隆が「さすがは小説家の兄だ」と苦笑した。

「とにかく……この家のことは私の好きにさせてほしい。特に宏隆。お前に心配されると、私は十歳も老けたような気分になる。勘弁してくれ」

義隆は母親によく似た顔で、末っ子をじっと見つめる。

「そうだね。……兄さんたちは俺より一回りも上だ。俺に心配される方が困るか」

宏隆は肩を竦めて、少し寂しそうに笑った。

「まったくだ。……私はこの家で頑張りたい。というか、頑張らせてくれ。いい年なのに、兄弟に住まいの心配をされるなんて恥ずかしい」

義隆は兄弟に微笑みかけながら、照れ隠しに髪を掻き上げる。

その仕草は母親の癖だ。

兄弟たちは幼い頃から、母親のその癖を見て育った。子供心にとても美しい母親で、口には出さないが兄弟の自慢だった。

だからこそ彼らは、母親によく似た義隆の行く末を、普通の兄弟以上に心配してしまう。

「私は私で、のんびり暮らしていこうと思っている」

「分かってる。……でもヨシ兄、大地さんが、俺を盾に取って酷いことをしようとしてきたら、気にせず殴り倒していい」

宏隆は真面目な顔で物騒なことを言った。

「宏隆。……たしかに大地さんは変わっているが、お前が思うようなことはしないと思う」

「だから、もしものためです。俺は長谷崎スタイルをクビになっても、冬夜と二人で強く生きていける。安心してくれ」

「……昔はもっと、ちゃらちゃらした、八方美人的な弟だったのに……ずいぶんと大人になったな。冬夜君のお陰か？」

義隆は、末っ子の頭を撫でながらその成長に感動する。

宏隆は笑うしかない。

たしかに、冬夜との出会いが宏隆を変えたのだ。

「しかし、面白い縁だな。冬夜君の兄がここに泊まるとは……」

友隆の呟きに、義隆は小さく頷いた。


泊まっていけばいいと言う義隆に対して、兄弟たちは「仕事の都合があるんだ」と言い、それぞれ帰って行った。

義隆は今度こそ玄関引き戸の鍵を閉め、廊下側の窓や勝手口の戸締まりを確認して、自分の部屋に戻る。

クロは一足先に来ていて、彼の布団の上で機嫌良く寝転んでいた。

義隆は深夜のニュースを見ようとしたが、初秋の夜の静けさを楽しむことにした。

畳と布団、天井まで届く本棚がいくつかと、本棚に詰まりきらずに積み上げられている本。

義隆は、仕事用の座卓の上に置いてある使い古した小さなラジオをつけ、チャンネルをクラシックに合わせる。ざらざらとした雑音と古典のメロディが混ざり合い、囁くような小さな音で、なんとも心地よい気分になった。

義隆はうっとりしながら布団に寝転がり、騒がしい一日を思い返す。

「なぜ……」

義隆はそこまで声にして、口を閉ざした。

声にして、それを聞いたらいけないような気がしたのだ。

だから、思うだけにする。心の中でそっと呟く。

他人と接するのは、気を使って疲れるからあまり好きではない。仕事以外のことはあまり考えたくない。でも兄弟は別だ。それにしても、本当にあの人と一つ屋根の下でやっていけるのだろうか。ああ、風呂の順番は……年の順でいいな。私が先だ。食事は？　仕事じゃないのに、どうしてこんなに脳が動くんだ？　十歳も年下だと。子供だ。うん、相手は子供だから、大抵のことは大目に見てやろう。触ってくるのも、スキンシップの一環だろう。私とは年代が違うからな。きっとそうだ。

義隆は天井を見上げて、大地の顔を思い出す。

気持ち良く男前だ。目は大きな二重だった。兄弟だけに、確かに冬夜君の面影はあったな。それよりあの性格だ。自信に満ちあふれていた。それを隠そうとしないところが若い。しかしそれが嫌みにならないのは、育ちのよさだろうか。

義隆はそこではたと思い直す。

育ちのいい人間が、勝手に人の髪に触ったり頬に触れたりするだろうか。

「なんで……あんなことをしたんだろう」

自分の容姿に無頓着な義隆は、頭の中を疑問符でいっぱいにする。

小説を書くのに役に立たないことは眼中にないのだ。

剝き立てのゆで卵のようなつるりとした肌も、艶々の黒髪も、黒目がちの目が印象的な清楚《せいそ》で端整な顔立ちも、すべて宝の持ち腐れだ。

いや、義隆は宝だと思ってさえいない。

だが今夜初めて、義隆は意識して自分の頬に触れた。

つるりとしていて触り心地がいいが、それだけのものだ。

「これを触って楽しいのか……？」

他人の頬を触って楽しいのだろうか。明日、田島さんで試してみよう。あの人なら、私がこんなバカなことをしても、笑って許してくれる。昔からそうだった。

しかし、と、義隆は思った。

触られたお返しと言って、大地に触れたらどんな反応を示すだろう。義隆は、思わず顔が赤くなった。恥ずかしいやら気持ちがいいやらで、言葉に表すのが難しい感情だった。もしかしたら、生まれて初めて。そうでなければ、遙か昔のことですっかり忘れてしまっていた感情。

他人に触られるのはずいぶん久しぶりだ。

この場合、田島は他人に入っていない。彼とはプライベートでも付き合いのある、ほとんど家族のような存在の友人だ。

義隆はゆっくりと体を起こし、カーテン越しに漏れる月光を見た。

「考えても埒《らち》があかない。明日、本人に確かめよう」

私に触れて楽しいか？　と。

大地はなんと返事をするだろう。楽しみだ。

また「佐藤義隆言語ですか？」と言われるかもしれない。

だがこれぐらい、翻訳は必要ないはずだ。

「どうしよう、クロ。大地さんとの生活を考えると、無性に楽しい」

義隆は、だらしなく腹を見せて眠っている愛猫の腹をそっと撫で、一人で小さく笑った。


そして翌日。

日頃の行いがいいのか、素晴らしい晴れの日。

大地は、当座の着替えや身の回り品が入ったスーツケースをカラカラと引きながら、宮野家に入った。

義隆には夕方行くと言ったが、それはもう「予定が変わったので」と言ってごまかせばいい。

大地は、義隆のそばで彼の行動を逐一《ちくいち》観察……いや、見つめていたかった。

自分のストライクゾーンではあるが、こんなにもそばにいたいと思うのは久しぶりで、彼自身少し戸惑っている。

大地は、ゆるみがちな顔をしっかりと引き締め、宮野家のこぢんまりとした門をくぐり、引き戸の横に備え付けてある呼び鈴を押した。

このとき時間は午前十時。

作家の大半は、まだ夢の中にいる時間だが義隆は違った。

締め切りよりも先に原稿をきっちりあげる彼は、徹夜をしたことがない。

午前中は部屋の掃除や洗濯など家事をこなし、執筆活動は午後一時から午後六時までだ。

仕事時間が長いからといって枚数を書けるわけではない。集中力がものを言う。

「はい、どちら様?」

そう言いながら、義隆は引き戸の鍵を開けて無造作に戸を引いた。

「先生、不用心ですよ。相手が名乗ってから扉を開けてください」

「あなたの声だと分かっていた。おはよう、大地さん。こんな早くからどうしました?」

義隆は浴衣のたすき掛け姿で、ヘアバンドで髪を押さえている。

広いおでこが丸出しだ。

「仕事の予定が変わってしまって。それで、引っ越しの方が先になりました」

「そうか。さあ入ってくれ。二階の部屋は兄弟たちのものが置いてあるので、一階でいいだろうか? 分からないことがあったら困るので、部屋は私の部屋の隣はどうです?」

大地は感激のあまり、義隆を後ろから抱き締めたくなった。

隣の部屋とは、なんといやらしい響きだろう。

しかもただの隣ではない。

扉は障子戸で、鍵はかけないというか……ないのだ。

「二階がいいなら……」

義隆は返事のない大地を振り返り、のほほんと微笑む。

「一階で。凄く嬉しいです。先生……これからは義隆さんと呼んでも構いませんか？」

「好きに呼んでくれ。ああ、部屋はそこの廊下を曲がったところの、障子が開いている部屋だ。私はこれから布団を干してくるから、寛《くつろ》いでいなさい」

「あの……っ！」

大地は、家事に向かおうとする義隆を呼び止める。

「ん？」

「お、おでこ……触ってもいいですか？」

「……禿《は》げそう、とか？　うちの親戚に禿はいなかったと思う。父は総白髪だが、フサフサだ」

義隆は不安そうな顔で、額の生え際を両手で撫でた。

「いやいや、そうではなく」

可愛いからと言ったら、怒られるだろうか。それとも、昨日、頬に触れたときのように赤くなるだろうか。

大地は、曖昧な笑みを浮かべて義隆の額に右手をぺたりと押しつけた。

家事の途中だったのだろうか、義隆の額は少し汗ばんでいる。

「何かの……まじないみたいですね」

ですよねー。

大地は苦笑しながら義隆の額から手を離し、「ちょっと触りたかっただけです」と素直に言った。

「そうですか」

義隆は怒りもしないが頬を染めもしない。

そして、布団を干すために庭に向かった。

「おや」

予想外の反応。まるで意識されていないような……。では昨日の夜、頬に俺の指が触れたときの、あの反応はなんだ？

大地は、自分の両手を見つめる。

「兄弟のうち半分はゲイなんだから、俺のスキンシップの意味を理解してもよさそうなんだけどな……」

宮野家の長男が「言っていいことと悪いことがある」と怒りそうなことを呟いて、大地は自分の部屋に入った。

窓は開け放たれ、カーテンは薫風《くんぷう》にそよぐ。

六畳の和室の畳は青々として、い草《ぐさ》のよい匂いがした。

年季の入った座卓と箪笥《たんす》はアンティークのようだ。

カットソー類は箪笥でも構わないが、スーツやジャケットは箪笥に入れたくない。さてどうしようかと思った大地の目に入ったのが、衣桁《いこう》だった。

今では一部の旅館でしか見られないだろう、鳥居の形に似た、和風の「ポールハンガー」。

「押し入れのふすまの模様は、下半分が『青海波《せいがいは》』、座布団と同じ模様だ。これは……なかなかおしゃれじゃないか。いいな、日本家屋」

大地はつい嬉しくなって、スーツケースを広げる。

中から愛用のデジタル一眼レフカメラを取り出し、様々な角度で部屋の中の写真を撮った。

カメラは、長谷崎スタイルのカメラマンである藤原が、弟子たちに向かって「そこにあるの、もう使わないから好きなの持っていけ」と言っているのを聞きつけ、「俺も！」と中古カメラ争奪戦に加わって手に入れたものだ。

大地の収入なら高性能の最新式も買えたが、新品よりも「有名カメラマンが使っていたカメラ」に心惹《ひ》かれた。

　そして、本体一つとレンズを二つ手に入れたのだ。

「そういえば、一番人気の『遠藤家物語』は、日本家屋が舞台だったな。そのまま使えるじゃないか。撮影コーディネーターに場所を探して貰わなくていい。藤原さんに提案してみよう」

　大地は、今回のメインの一つとなる本のタイトルを呟くと、しっかりと脇を締めて写真を撮った。

　趣《おもむき》のある家屋というのは、写真の腕が多少悪くとも「上手く撮れているような感じ」にしてしまう。

「他の部屋の写真も撮りたいな。イメージが膨《ふく》らむ。確かデュプレに、オリエンタルベースのブランドがあったな……って、やっぱりデュプレか」

　だとしたら、デュプレの衣装貸し出しは「宮野家価格」にできそうだ。

　大地はそんなことを思い、シャッターを押す。

「何やらカシャカシャと音が聞こえるが……」

　窓の外から、洗濯物を持った義隆が顔を見せた。

　その瞬間をカメラが捕らえる。

「え？　何……？　カメラ……？　今の光……」

　義隆は、不意打ちのフラッシュに目を閉じて呻《うめ》いた。

「すみません。今のは偶然です。いや、でもごめんなさい……っ！」

大地は、目を閉じたまま窓枠に両手をついている義隆の元に向かう。

「目がチカチカして……上手く開けられない」

「無理に開けない方がいいです」

「その方が……よさそうだ」

義隆は素直に、目を閉じたままだ。

それをいいことに、大地はまじまじと義隆を観察する。

嘗《な》めるように見るのではなく、できるなら見ながら嘗めたい。

それほど、義隆の肌は毛穴一つ見えずに綺麗だった。

髪の毛や眉が黒々としている割に、ひげ剃りあとが目立たないのは家系だろうか。たしかデュプレの宮野幸隆、弟の恋人である宮野宏隆もそうだったと、大地は思い出す。

少し薄めの唇は噛み癖があるのか、下唇に前歯の痕が少しついている。

見ている時間が長くなるほど、大地はそれだけでは済まなくなっていた。

理性が本能に押し倒されそうだ。

こんなそばにいるのに、どうして自由に触れないんだろうと、もどかしい。

義隆は、今動いているプロジェクトに作品を提供する作家であり、大地は文章のイメージを実現させるという役割を負《お》っている。他にも何人ものクリエイターが関わるプロジェクトで、ようやく一歩を踏み出したばかりだ。

そんな中、自分の思いを暴走させたら大変なことになる。

わたくしごとを持ち込んではいけない。

が。

大地の本能は、「これが最初で最後のチャンス」だとばかりに、理性を押し倒し羽交い締めにして心の奥底に放り投げた。

キスぐらいなら。

そう……ほっぺにチュッという、可愛いものなら。

義隆は「訳が分からない」と言ってさらりと流してくれるだろう。多分、きっと。

大地は、興奮して鼻息が荒くならないよう注意し、そっと義隆に顔を近づけた。

年の割には柔らかそうな頰が目の前にくる。

しかし大地の右目は、義隆の唇を視界に入れてしまった。

そうなったらもう手遅れだ。

バイクは視線を向けた方向に自然と向かう。それと同じように、大地の唇も緩やかなカーブを描いて義隆の唇に向かった。

そして二人の唇が重なり合う。

触れ合い、舌先でそっと唇を撫でてみる。すると驚いたことに、義隆の唇が僅《わず》かに開いた。

マジですか……っ！

大地は興奮と喜びで胸をいっぱいにして、義隆の頭に両手を添え、彼の口腔に舌を差し込む。

だがここで、義隆は突然下がった。

「え……?」

大地の手には、義隆がしていたヘアバンドが残される。

義隆の顔は長い髪に隠されて表情が見えない。

だが、耳や首筋が真っ赤になっているのは見えた。

「あの……義隆……さん」

「何をするんだと言おうとしたら……いきなり……舌が入ってきてびっくりした」

義隆はそこでようやく前髪を掻き上げ、赤い顔で大地を睨《にら》む。

「唇が開いたから……その、俺はてっきり……了解の印かと思って」

「男同士で……こういうことをするならば、明確な理由がなければいけない。しかも私は、あなたより十歳も年上だ。仮にあなたがゲイだとしても、年相応の相手がいるだろう」

怒鳴られるかと思ったが、義隆は淡々と諭す。だが目は睨んだままだ。

「あの、俺はゲイではありません」

「では、なんの酔狂《すいきょう》で……こんなことを」

「そのですね……好きです。初めて出会った時から。これが理由ではいけませんか?」

窓の外と中という、こんな状況で告白していいものか。もっと思い出に残るようなロマンテイックなシチュエーションがいいのではないか。

大地は頭の中であれこれ考えたが、いい案は一つも出てこない。

「昨日……だぞ？　私たちが会ったのは昨日が初めてなんだぞ？」

義隆の険しい目が、今度は驚きで丸くなる。

頭の中が真っ白になってしまったのか、唖然とした顔だ。

「恋というのは落ちるものでしょう？　俺は、この日本家屋に仕掛けられた愛のブービートラップに落ちたんです。ええ。這《は》い上がれませんね」

大地は偉そうに言い放ち、腕を組む。

「え……？」

「時間も関係ないです。その、面白い性格も好みです」

「たった一日で……？」

「こういうのは直感がものを言うんです。相手を知るのに時間をかけるよりも、お互いを知りながら共に人生を歩んでいきましょう」

大地は、今度は両手を広げて「私の胸に飛び込んでいらっしゃい」のポーズを取った。

「リスクが高いな。途中で合わないと分かったとき、そこには愛ではなく情だけが残る。相手を可哀相だと思ってしまう。別れるのに一苦労だ。想像しただけで滅入《めい》る」

義隆はしかめっ面で呟き、再び前髪を掻き上げる。

顔も耳も首筋も赤くなっていない。すっかりいつも通りだ。

「あの……男にキスをされて告白されたんですから、もっとこう……分かりやすいリアクションが……」

「初めてではない」

義隆はそう言ってから「洗濯物……」と付け足して大地の部屋の窓から離れた。

「初めてじゃない……？　どういう意味でだ？」

男とキスをしたのが初めてじゃないということか、それとも男に告白されたことが初めてじゃないということか。

もしかして両方の意味か。

どれにせよ、大地には衝撃的な言葉だった。

「待て、相手は俺よりも十歳年上なんだ。長い人生にはいろいろあっただろう。今までの経験を、昨日初めて会ったばかりの俺がどうこう言っていいものか。……だがしかし……っ」

大地はがくりと膝をつき、よい香りのする畳の上に寝転ぶ。

ほわんとして天然癒し系だと思っていたら、実は相当な手練《てだ》れですか？　ストレート男が男にキスをされて、あんな冷静でいられるもんですか？　違うでしょう。

「あれだけ綺麗な顔をしてるなら、いくら空手を習っていても告白する男はいただろう。その前に、空手部で何かあったとしたら？」

鍵のかけられた部室で、大勢の部員たちの前で裸に剝かれ、押し倒され……というのはゲイ雑誌やゲイサイトの体験談特集によく載っている。事実かどうかは知らないが、大地が読んだものはよくできていた。

「あー……、田島さんがそばにいたなら、そういうのはあり得ないか。顔がボディーガードだもんな。むしろ、田島さんとそういう関係があったかもしれないと思う方が自然か」

大地は大きなため息をついて、ゆっくりと起き上がる。

そういえば、告白したのに返事をもらえなかったのは生まれて初めてだ。

きっと本気にしてもらえなかったのだろう。

「さて、これからどうしようかな」

しばらくは、何もなかったことにして接するか。

それとも、俺を意識してくれと積極的に迫《せま》っていくか。

何もなかったことにするというのは自分らしくないと、大地は思った。

告白はもうしてしまったのだ。ならば義隆が自分を意識せざるを得ないほど、積極的に行こう。何事も攻めの態勢で。

義隆がストレートなら、それはそれで攻略するまでの時間を楽しめばいい。

彼がもっともこだわっているのは年齢だ。そこは、「年なんて関係ない」と挨拶代わりに毎日言っていれば、わだかまりはなくなるだろう。ようは、安心させてやればいい。

「よーし」

気分が盛り上がってまいりましたっ！

大地は、自分と一緒に畳に転がしていたカメラを掴むと、最後に撮った写真を確認する。

そこには、こっちを見ている義隆の無防備な顔があった。


洗濯物と布団を干し終えた義隆は、たすきを外しながら茶の間に入る。そして柱時計を見た。

もうすぐ正午になる。

「食事……の時間だな」

冷凍庫にあった田島お手製のグラタンは、集結した兄弟が帰宅するときに持たせてやった。

つまり、朝に炊《た》いたご飯以外は一から作ることになる。

「私の好みでいいのだろうか……。それとも、まずはリクエストを聞くべきか？」

義隆は小さな声で呟くと、右手の指で自分の唇を擦《こす》る。

「どうして……？」

大地の唇の感触を思い出してしまう。

柔らかくて温かくて、実を言うと結構気持ちよかった。

そういえば、最後に誰かとキスをしたのは一体いつだっただろうかと、義隆は考えた。思い出そうとしても思い出せない。それくらい昔。

「……そこまで枯れてるわけではないのに」

義隆は指先で唇を撫でながら苦笑した。

一番上の兄は精力的で、二番目の兄も恋と仕事を同時に楽しんでいる。末っ子も、恋人と充実した日々を送っていた。

「私も……楽しい日々を送っている、ハズだ」

「はい。俺と一緒に楽しい日々を送りましょう。……ところで義隆さん、昼飯はどうしますか?」

背後に陽気な気配。

大地に声をかけられた義隆は、振り返れずに固まった。

義隆の心臓が突然高鳴る。掌に汗をかく。

唇を合わせたからといって恋愛感情などすぐに起きない。この激しい鼓動は、他人が後ろに立っているから緊張しているだけだと、義隆はそう理由をつけた。

「昼は……その……」

「冷蔵庫に何かあるなら、俺が作りますよ?」

声がだんだん近づいてくる。顔が熱い。

どうして、自分ばかり緊張と動揺でこんなみっともないことになっているのかと、義隆は不公平を感じた。

好きだと告白をしたのは大地で、義隆より十歳も年下の青年だ。年上の自分は余裕を見せて、のんびり対処すればいい。そう思っているのに……。

義隆は振り向けないまま、頼りなげな声で「お願いしようかな」と呟いた。

「じゃあ、その間に義隆さんは着替えてくださいね」

そういえば、浴衣ではなく着物を着ろと言われたような気がする。

「大地さん、私は着物の帯は結べないのだが……」

義隆は浴衣の帯を解きながら、ようやく振り返った。

「はい」

「帯を結んでくれると言ったでしょう？　ここで着替えをするのかな？」

義隆はそこまで言って浴衣の帯を解くと、はたと気づいた。

ここで浴衣を脱いだら下着一枚の姿となる。

そして目の前には、自分に告白をしてキスをした男。

さてどうしよう。浴衣の帯は解いてしまった……と、義隆は考える。

「ええと、先に着物を着ちゃいましょうか？　俺は着付けの資格も持ってるんです」

「では……お願いしようかな」

「着物はどこに？　部屋ですか？」

「いや。おそらく……両親が使っていた部屋にあったと……。二番目の兄が、私の服を片付けていたことがあるんです」

楽だからと、年がら年中浴衣で過ごしている義隆は、それ以外の身につけるものが、どこにあるのか今ひとつ把握《はあく》していない。

大地は眉間に皺を寄せて首を傾《かたむ》けたあと、義隆の手から浴衣の帯を受け取った。

「昼飯を食べてから探しましょう。それまではこの格好でいいです」

「そうか。……申し訳ない」

手際よく浴衣の帯を締める大地に、義隆は礼を言う。

「鍛えているだけあって、胴回りも引き締まってますね」

リボン結びしかできないような安物の帯であっても、大地の手にかかると立派な帯となった。

腰が心地よい圧迫感に覆われて、義隆に笑みが浮かぶ。

「兄は『体のたるみが心のたるみ』という人なので、つい……鍛えてしまう」

「もちろん、一番上のお兄さんですよね」

「ああ。ユキ兄にそれを言うと、『俺は脳みそを鍛えているからいい』と言われます」

大地が笑う。

いい笑顔だ。

自分にバカバカしい真似《まね》をした男と同一人物だとは思えない。

義隆はふと、両手を伸ばして大地の頭を掴んだ。

「はい？」

「あなたは……私と何がしたいのですか」

「仕事とセックス……でしょうか」

大地の口からこぼれ落ちた言葉に、義隆は「ぷは」と声を上げて笑った。

「素直です」

この人は、私を騙してどうこうしようとは思わないだろう。何せ、常に自信に満ちあふれている。だが、私だけが焦ってうろたえるのは腹立たしい。私は振り回されるのになれていないんだ……。

義隆は心の中でこっそり大地を観察し、そう思った。

「それは褒められているのかな？　俺は」

「取りあえず……怒ってはいません」

「他には？　何か言いたいことはありませんか？」

「別に。私は好き嫌いはありませんから、なんでも作ってください」

義隆は大地の頭から両手を離し、台所の隅にあった椅子を引っ張り出して腰掛けた。

嫌われても拒《こば》まれてもいないようだが対処に困る。

大地は勝手に人の家の冷蔵庫を開け、鶏挽肉《ひきにく》やキャベツ、焼きそばの麺などを引っ張り出しながら、義隆についてそう思った。

義隆は「コーヒーを入れましょう」と言って二人分のコーヒーを作ったきり、何もしないで椅子に座っている。

「焼きそば……でいいですか?」

「おかずが?」

「はい。……焼きそばライスでいいと思います」

「炭水化物と炭水化物……」

しかめっ面をする義隆に、大地は「焼きそばパン、嫌いですか?」と声を掛けて苦笑した。

「好きです。高校生のときに、購買の焼きそばパンを獲得するためにいつも仲間内でギャーギャー叫んで、ガシッて喧嘩になって……仲直りするまでしょぼんですよ」

「はは」

擬音だ。これぐらいならまだ意味が分かる。よかった。

大地は軽く頷いて、キャベツとピーマンをざく切りにする。

「ところで、焼きそばライスと焼きそばパンには、どんな関係が？」

「どっちも炭水化物同士の組み合わせです。美味しいんだから、食べましょうね」

「若者の食事だ」

義隆はコーヒーを飲みながら、ぼそりと呟いた。

きっと彼には悪気はない。

そして田島が、いつも「はいはい」と頷いて甘やかしているのだろう。

大地はくるりと振り返って腰に手を当てた。

「三十八歳で、年寄り発言は勘弁してください。この無自覚アンチエイジングさんが」

「事実、私はあなたよりも十歳年上です」

「年齢がなんだっ！」

大地が、待ってましたとばかりに声を張り上げる。

驚いた義隆は目を丸くして黙った。

「外見が若ければ、別にそれでいいじゃないですか。あなたが何歳だろうと、俺はあなたが好きですよっ！」

「ありがとう」

素直に礼を言う義隆に、大地はそこはかとなく敗北感を感じた。

この、のらりくらりと人をかわす術《すべ》は、社交術の一つなのだろうか。今まで散々告白されたり迫られたりしたから？　だから、当たり障りのない返事をするようになった？

大地はそんなことを思いながら、小さなため息をつく。

「若者の食事だろうがなんだろうが、俺の作ったものを食べて貰いますからね。いいですか？」

「はい」

くーっ！　これまた素直に返事しやがってっ！　可愛く返事しやがってっ！　小悪魔め！

大地は、いろんな意味で目頭が熱くなった。


出来上がった料理は、廊下を挟んだ向かいの小さな座敷でいただく。

義隆は大地に言われた通りに座卓を拭き、二人分の箸置きと箸を並べた。

向かい合わせでなく、横並びに。

千切りキャベツのサラダと取り皿を持って座敷に入った大地は、箸の並びに首を傾《かし》げる。

「あの……義隆さん」

「はい」

義隆は、二人分の中華スープの入ったトレイを持って返事をした。

「なぜ箸が、こういう並びに？」

「田島さんと食事をするときは、いつもこうです。何かおかしいですか？」

答える義隆の顔が、少しずつ赤くなっていくのが分かった。

大地は手にした料理と皿を座卓に置き、彼の赤い顔を覗き込む。

「この体勢だと……もしかして、食べさせて貰ってるんですか？」

「え？　違います。二人きりで向かい合わせの食事は緊張するので」

「相手が田島さんでも？　長い付き合いなんでしょう？」

大地は、義隆の泳ぐ視線を追う。

「家族でないと、食事だけは緊張します」

「では義隆さん。俺と結婚して家族になりましょう」

そう言って大地はにっこり笑った。

無邪気で、しかし自信に満ちた笑顔を見せつける。

義隆は「またそういうことを……」と呆れ気味に呟くが、大地は彼が続きを言う前にいきなりキスをした。

義隆は、熱いスープの入った器をトレイに二つも乗せている。

大地は、義隆がトレイを放り投げないだろうということに賭けてキスをした。正解だ。

義隆は後ずさってキスから逃れようとするが、背中が障子にぶつかってしまい、もう動けない。それを好機とばかりに大地は積極的に出た。

触れるだけのキスを何度も繰り返し、唇の輪郭《りんかく》を舌でなぞってやると、くすぐったいのが堪えられないのか、義隆は口を開けた。

そこに、大地は自分の舌をねじ込む。

舌を噛まれないようすぐに義隆の舌を探り、強弱をつけて吸ってやると、ようやく義隆の呼吸から焦りが消えた。

大地は温かな口腔を舌で愛撫しながら、両手を義隆の首の後ろに回して、ゆっくりと髪を掻き上げる。その感触に、義隆の口の端から甘い声が漏れた。

「義隆さん……初めてじゃないのは……キス？　それとも、男から告白されたこと？」

大地は、今度は義隆の耳に唇を移動させ、息を吹きかけながら尋ねる。

義隆は必死にトレイを持ちながら、ビクンと体を震わせた。

赤く染まった目尻や滑《なめ》らかな肌、艶やかな黒髪は、どうみても自分と同年代だ。

世間から隔離《かくり》されたような状態で、延々と創作の世界に浸り続けると、こんな風になるのだろうか。

大地は、頬を赤く染めて快感に体を震わせている義隆を見つめながら首を左右に振る。

違う。きっとこの人だけだ。

「大地、さん……」

「はい。なんでしょう、義隆さん」

「スープが冷める」

甘い言葉を期待した俺のバカ。

大地は「そうですね」と、苦笑を浮かべて義隆から離れた。

「腹が減った。……料理を食べましょう」

義隆の目尻は赤いままだが、それ以外取り乱したところは見られない。

大地はますます落ち込んだ。

初めてでないのは、キスや告白だけではないような気がする。

二人並んで、もくもくと食事をしながら大地はそう思った。

「焼きそば、美味しいです」

「ありがとうございます」

この人は本当は……もの凄く、ものすごーく、俺なんか足下《あしもと》にも及ばないほど、いろいろなことに慣れているんじゃないだろうか。でなければ、強引に襲いかかった相手と並んで、こんな静かに食事ができるはずがない。外見は俺と大して変わらなくても、俺より十歳年上だし。

大地は、へたをしたら義隆よりも自分の方が年齢にこだわっているような気がして、食事をしながら苦笑する。

「昨日のアップルパイが、まだ残ってます。今日のおやつに食べましょう」

「あー……いや」

大地は箸を置き、左隣に座っている義隆の顔を覗き込んだ。

「俺はこれから別件の仕事があるので、出ます。帰りは十時ぐらいかな」

そう言った途端、義隆は困惑したように眉をひそめる。

「今日は……夜まで私一人ですか、そうですか。構いません、仕事の資料を集めています」

どことなくふて腐れたように聞こえる。

大地はストレートに「一人は寂しい？」と尋ねた。

「はい」

「田島さんを呼べば？」

「あの人は私のお守《も》りではない。寂しいけれど、一人で平気です」

義隆の顔が赤くなっていく。大地がキスしたときよりも赤い。

「……可愛いな」

「な……っ！」

義隆は箸を置いて、耳まで真っ赤にして大地を見た。

「複雑な人でもある。でも、攻略のし甲斐はあります。どうか、俺以外の人に告白されないでくださいね」

大地は左手で義隆の頬を優しく撫で、天使の微笑みを浮かべる。

「なんか、悔しい」

「ん？」

「十も年下の男に、手玉に取られてます」

なんなのこの人。可愛すぎる。

大地は、義隆に負けずに顔を赤くして、「くー」と呻きながら畳と仲良くなる。

「あの。私は真面目なんですが」

義隆は、ダンゴムシのように転がっている大地の腕を掴み、乱暴に揺さぶった。

「俺も真面目です」

大地は義隆の腕を引っ張り、乱暴に抱き締める。

そして、有無を言わさずキスをした。

「美味しい焼きそばの味ですね」

唇が離れた途端、義隆が感想を呟く。大地が「作家なのにデリカシーがない」と言うと、義隆は眉間に皺を作った。


撮影現場でモデルの衣装を微調整しながら、大地は義隆のことを考えていた。

筋張った肩に着物を掛け、着付けを手伝ってやった。長身なのに着物が似合うのは、やはり日本人だからだろうか。後頭部で一本結びにした髪の毛も、着物姿によく似合った。リボンは絹で作られた紐《ひも》で、リボン結びにしても甘くならない。あれで袴《はかま》を穿《は》かせれば、どこぞの武家の若様だ。凛とした佇まいは、庭に咲いていた白薔薇がよく似合うだろう。

「大地さん、目を開けたまま寝てる？」

モデルのユイに、キスが出来るほどの至近距離から話しかけられ、大地はようやく我に返る。

「あ。ごめん。今ちょっと……楽しい世界に飛んでました」

「そういう危ない台詞は気を付けて。このあと、みんなで飲みに行くんですけど大地さんもどうですか？」

いつもの大地なら何も考えずにオッケーだが、今日は違った。

彼が帰る場所には、おそらく、いや絶対に彼を待っている人がいる。

「ごめんね。今日はこのあと、別件で打ち合わせ」

「そう。アシスタントの人たちは？」

「あいつらは、会社で学習会。なんかね、アシ同士でいろいろやってるらしいんだ」

「ふうん。じゃあ、大地さん、また今度誘うね～」

ユイは可愛い笑顔で手を振り、マネージャーと一緒に一足先にスタジオを出た。

大地は、アシスタントたちが借り物を丁寧に梱包《こんぽう》している横で、ペットボトルのミネラルウォーターで喉を潤す。

「大地くん、こんにちは。五月です。お元気ですか」

いきなり後ろから妙にかしこまった声を掛けられ、大地は水を噴き出しそうになった。

「さ、五月さん……。どうしたんですか？　ここになんの用ですか？」

「仕事に決まってんじゃない。隣のスタジオにいたの、知らなかった？」

長谷崎スタイルの稼ぎ頭《がしら》にして、子供の頃から大地をよく知っている五月は、にっこり笑って、大地を見上げた。

「モデルが日下部さんだから、楽しくていいんだけどさー。あの人、私と同年代のくせに落ち着かないの。モデルたちの尻を触るから大変なのよ」

「五月さんが中年男性モデルのスタイリングを？　ちょっと見せてもらえますか？　勉強したいな」

「そう言うと思って、わざわざこの私が誘ったのよ。……で、あんた、宏隆の美しいお兄様と一緒に暮らしてるんですって？　やっぱりユッキーに似てるの？　どんな感じ？　小説家なんでしょ？」

あなたが顔を出した真の目的が、これではっきりしましたよ。五月さん。

大地は苦笑して、「まだ一晩も一緒にいませんよ」と口を開いた。

センスのいい両親から生まれて、大学を卒業するまで各雑誌や国内ショーのモデルをこなし、現在はスタイリストとしてトントン拍子に仕事依頼が来て名前が売れているといっても、努力を怠《おこた》ったらおしまいだ。

大地は、日本を代表するスタイリストの一人にして師匠でもある五月の仕事を、真剣な眼差しで見学する。

若い頃は……いや、今でも充分もてるだろう長身の中年と、娘のような年齢の女性が二人。三人とも羽織《はおり》袴で、まるで明治時代から抜け出してきたようだ。

カメラマンはというと、藤原だった。彼は大地の姿を見ると、苦笑しながら手を振ってくる。

「五月さんが着物のスタイリングなんてな……初めて見た」

「ええ。勉強になりますよね」

いつのまにか、隣には宏隆が立っていた。

職場でプライベートの話は避けたい大地は、余計なことは言わずに「そうだな」と頷く。

「モデルが凄い。人気装丁家《そうていか》の日下部さんと、高木賞《たかぎ》の新人賞と読者賞を取った新人ＯＬ作家ですよ。いろんな意味でエロいですよね。新人ＯＬ作家」

「ほほう。いい響きだな、新人ＯＬ作家。それにルックスもいい。キャラを上手く作れば、そっちで売れていきそうだ」

「あざといですね、大地さん。……分からなくはないけど」

宏隆は小さく笑い、再び真剣に撮影現場を観察する。

「あの……日下部という装丁家は……今進行している義隆さんの本の装丁も引き受けている。義隆さんとは親しいんだろうか。俺の目から見て、ゲイかバイにしか見えないんだが」

その言葉に宏隆が反応した。彼はもの凄い勢いで大地を振り返り、頬を引きつらせた。

「大地さんもそう思ったなら、これは確実ですね。ヨシ兄とは、絶対に接触して欲しくない人間です」

「取りあえず、田島さんというバリケードがいるから大丈夫だろう」

大地はそう言って、五月の動きを目で追った。

すると、いつの間にか日下部と目が合う。

髪はウエーブのかかった肩までの茶髪で、彫りの深い甘い顔立ちは一見外国人にも見える。年齢のわりにはスタイルがいい。一挙一動が柔らかく、周りの女性たちはおろか、年若い男性スタッフも心酔《しんすい》した表情で日下部を見ていた。

その日下部が、にこにこと微笑みながら大地のもとへやってくる。

「初めまして、長谷崎大地君。義隆の企画本に参加しているスタイリストだよね？　俺はその本の装丁を依頼された。もっとも、義隆の本の装丁は誰にも譲らない気でいるが」

日下部は自信たっぷりに言うと、大地に右手を差し出した。

大地は内心「なんだこいつ」と思ったが、ここで握手を拒むのは大人げないと、笑顔で右手を出した。そして、仲良く握手する。

「今度俺も、義隆の家に行こうと思うんだ。彼が仕事をしている場所から、創作のインスピレーションを得たい」

「あー……、その気持ちはよく分かります」

大地は思わず頷いた。

日下部はいきなり小声になって、「義隆は癒し系の天使だというウワサだが、本当かどうか確かめたいんだよ」と囁く。

実の弟である宏隆の頬がぴくりと引きつった。

「違います。ぼんやりしているから癒し系に見えますが、実はかなり慣れてますね。いろんな意味で。そしてどうやら、年下のピチピチしたカッコイイ恋人がいるようです」

大地の囁き返しに、宏隆はますます頬を引きつらせる。

「恋人か……。しかし、何度か遊んで貰う分には構わないだろう。本気は疲れるから遊ぶ方がいい。俺はその手で行くとする。情報をありがとう」

この業界にいると実年齢よりも若く見える人間が多い。気が若くないとやっていけないからなのか、はたまた流行を探るのが使命だから知らないが、とにかく若く見える。

大地は、「この人は、五月さんや藤原さんと同世代じゃないか?」と年齢を想定した。

日下部は、五月に「仕事の途中でしょ!」と怒られながら撮影場所に戻っていく。

「大地さん……。俺は誰のことも応援しませんから。というか、こんなカオスの真ん中にヨシ兄がいるなんて信じたくない」

宏隆は引きつった頬を丁寧に伸ばしつつ、小さなため息をついた。


腕時計に視線を落とすと、午後七時半。

見学していた撮影がようやく終わった。

大地は五月や藤原に礼を言って、一足先にスタジオを出る。そして、月夜を見上げながら宮野家に電話をした。

コール七回で、ようやく電話が繋がる。

『はい、どちら様』

「大地です。今、仕事が終わりました」

義隆は一息ついて『お疲れ様です』と返事をした。

「これから戻ります。食事はしましたか?」

『クロには食べさせました。病院で買っているカリカリと、湯がいたササミです』

大地は笑って「あなたは？」と尋ねる。

『一人では……食べる気がしなくて』

「いつもそうなんですか？」

『いいえ。……きっと、あなたがいないから食べる気がしないんです』

なんなのこの人。俺の心を弄《もてあそ》んでいるようにしか思えないっ！　そして、電話越しの声が掠《かす》れていてセクシーですっ！

大地は、相手に見えないからとずいぶんだらしない顔になった。

「すぐ帰ります。圧力鍋でカレーを作ります。すぐできますから。野菜は全部冷蔵庫に入ってました。俺は肉だけ買って帰ります」

『豚のバラ肉がいいです』

リーズナブルなリクエストに、大地は「了解」と答える。

『辛い方が好きです』

「よかった。俺もです。では、俺が帰るまで大人しく待っていてください」

『はい』

まるで恋人同士の帰るコールだ。

大地は、さっきからニヤニヤが止まらない。

「俺は甘口よりの中辛のカレーがいい。辛いものって、昔から苦手なんだよ」

いきなり隣から、日下部が話しかけてきた。撮影の時の着物のまま、袖に手を突っ込んで腕を組んでいる姿が様になっている。

「はい？」

「大事なことだから二回言うか？　長谷崎君」

「あの……、日下部さん」

「これから義隆の家に行くんだろう？　俺も行く」

なぜあなたまで。

大地が頬を引きつらせて固まっている矢先、日下部はさっさとタクシーを止めた。


義隆は、受話器を置いてから自分の掌を見た。

じっとりと汗を掻いている。

病院に連れて行かれたときのクロの肉球も、こんなふうに汗を掻いていた。

今日は田島も来ず、編集たちもちらほらと顔を見せに来るだけで、義隆は長い時間一人きりで過ごしていた。

だがこんなことはしょっちゅうだ。

一人の食事にも慣れている。

ならばなぜ、大地からの電話であんなことを言ったのか。

「わ、分からない。自分で自分が分からない」

自分のことなのに、さっぱり理解できない。からかいたかったのか本音を言いたかったのか。

義隆は、自分の顔がどんどん赤くなるのを感じた。

今朝キスをされたときよりも、昼間キスをされたときよりも、顔は赤く体温が上がる。

大地の声を聞いただけで、体が異常反応だ。

「出会って一日で、まだ一夜も一緒に暮らしていないのに」

こんなに胸が高鳴るなんて、ありえない。

だが義隆の顔はどんどん赤くなるし、体は熱い。

心臓はさっきからバクバクと尋常でない速さで脈を打っているし、気をしっかりもっていないと目眩《めまい》までする。

「もしかして……病気、か……？　ずっと家の中で仕事をしているから？」

取りあえず、思いつく単語を打ってネットで検索しよう。何かしらヒットするはずだ。

義隆は「それがいい」と声に出し、ふらふらと自分の部屋に向かった。

年上の男性を前に、大地は冷ややかな態度は取れなかった。

それを知ってか知らずか、日下部は人好きのする笑顔と押しの強さで、宮野家に入ることに成功する。

「ええと……義隆さん、この人は日下部さんと言って、義隆さんの本の装丁をしている人です」

目を丸くしたまま玄関先で仁王立ちしている義隆に、大地が申し訳なさそうに説明する。

「私の……本の装丁？」

「そうだよ、義隆。思っていた通りの人間だった。だいたい、本を読んでいればその作家の人となりは想像つくものだ。素晴らしい。アンダーグラウンドの激しい恋物語あり、現実に生きるファンタジー世界の住人という不思議話あり、鮮血飛び散るスプラッターあり、そうかと思えば突然ほのぼのとした可愛い話。掴み所がないのは、常に誘っている証拠っ！　そんな淫靡《いんび》な君には、寒椿《かんつばき》がよく似合う」

日下部はそう言って、義隆の右手を自分の両手でそっと握りしめた。

寒椿は納得できるが、手を握ることは納得できない。

大地は、義隆を庇《かば》うように日下部から引き剥がす。

「義隆の恋人は、余裕がないな。ははは」

「大事な相手が赤の他人にベタベタ触られていれば、余裕などなくなります」

「しかし、義隆は拒まなかった」

「頭が真っ白になって、機能停止です。この人は、初対面の人間に弱いんです。日下部さんは大人なんですから、察してください」

大地はそう言うと、固まったままの義隆を引っ張って台所に急いだ。

「……びっくり、しました」

グラスの水を一気飲みして、ようやく義隆が口を開いた。

「すみません」

「いいえ。……それより、いつから私があなたの恋人に？」

どうしてそういうところだけ聞いているんだろう。

大地は肩を落として溜め息をつくと「あなたが彼に弄ばれないようにです」と説明する。

「弄ばれるとは……響きがいやらしいです」

「じっさい、その通りですから」

「では私は……あの人がいる間は……あなたの恋人として振る舞えと？」

棚からぼた餅、瓢箪《ひょうたん》から駒《こま》。

大地は頬を染めて「べ、別に……無理にとは言いませんが」と、視線を泳がせる。

「分かりました。あなたの嘘に乗りましょう」

義隆は小さく頷いてから、「呼び方は大地さんのままでいいですね？」と確認した。

「もちろんです」

大地は笑顔で返事をした。


「義隆はこういう部屋に住んで、傑作を作り上げていたのか。なるほど。……今度のムック、俺の仕事は最後の方だが、精一杯頑張らせていただくよ。素晴らしいね、日本家屋」

日下部は畳に寝転び、真剣な顔でデザートの桃を食べている義隆を見上げた。

「いやらしい食べ方だ。俺を誘っているのか？　義隆」

ぴたりと、義隆の動きが止まる。

「日下部さん、それ以上何か言ったら、有名装丁家だからといって容赦しませんよ」

大地は空いた皿を片付けつつ、日下部に冷ややかな視線を投げ付けた。

「すぐ本気にする義隆が可愛いんだもの」

「義隆さんは俺の恋人ですから、勝手に見ること禁止」

「なんだいそれは」

日下部は「どこの子供の台詞だ」と付け足して、ゲラゲラ笑う。

これには義隆も釣られて笑った。

「……で、日下部さんは何時になったら帰るんですか？　なんなら、タクシーを呼んであげますよ？　というか、夜遊びをするような年でもないでしょう」

大地は日下部に慣れてきたのか、だんだんと言うことが鋭くなっていく。

「ん？　俺は泊まっていくが、何か問題でも？」

「布団の用意がありませんので、困ります」

義隆は首を左右に振って、顔には「だめ。絶対」と書いてあった。

「俺は義隆と一緒に寝ればいいでしょう」

「もっといけません」

「なんで？　理由を言ってくれないと」

日下部は、大地に「子供じゃあるまいし！」と突っ込まれても、「理由、理由」とうるさい。

「私は……大地さんの恋人、ですから。それ以外の人間と同衾《どうきん》はできません」

義隆はさらりと言ったあと、両手で顔を押さえて畳に転がった。

できることなら、大地も一緒にゴロゴロと寝転がりたかった。それほど、感動していた。

「ふーん。長谷崎君と同い年ぐらいだろうに、同衾なんて古い言葉を使うとは。作家だからかな？」

日下部は、よっこらしょと起き上がって、ダンゴムシのように丸まっている義隆を見た。

「俺は二十八歳で、義隆さんは三十八歳です。姉《あね》さん女房」

転がっている義隆の代わりに、大地が偉そうに胸を張って答えた。

「ゲイの恋人同士に、姉さんはないだろう、兄さんだろう。……あ、女房と言っている段階でアウトか。……って、なんだその年は！　詐欺だっ！　どうやったら、そんなピチピチでいられるんだ？　義隆っ！　俺は四十なんだぞっ！　二歳しか違わないなんてっ！」

日下部は驚いた衝撃を装って、義隆に覆い被さる。

「ああ、義隆は温かくて抱き心地がいいっ！　パワーばかりの若い恋人から、テクニックに長《た》けた中年の恋人に乗り換えなさい。それがいい。一生幸せにしてあげるよ」

「何やってるんですかっ！　日下部さんっ！」

大地が大声を上げて日下部を剥がそうとした。

だが抱き締められていた義隆が素早く動いた。

義隆は日下部の脇腹に重い肘鉄《ひじてつ》を一発食らわせ、相手の束縛が弱まったところで素早く起き上がる。そして日下部の着物の襟足を掴むと……。

「はい、そこまでっ！　義隆さん、それ以上やったら、いくら憎らしい日下部さんでも死にますっ！」

大地は、日下部を投げ飛ばそうとした義隆の腕を掴み、大声を出した。

「……え？」

義隆はそこで初めて、きょとんとした顔を見せる。

「ごめん。……出会ったばかりで俺が性急だった。頼むから、君とセックスする前に殺さないでくれ」

よせばいいのに日下部は、大地に助けてもらった命を、再び投げだそうとしている。

義隆の眉が片方、ピクリと上がった。

「い、一度ぐらいなら……投げ飛ばしても……」

「空手に、投げ技がありますか」

大地がしかめっ面で突っ込み、日下部にも「煽《あお》っちゃダメです」と叱る。

「しかし……私は……誰とでも同衾するような人間では……なんでこんなことを言われなければならないんだ……？」

「分かってます。あなたは俺の恋人なんだから、俺とだけ同衾すればいいんですっ！」

いろんなことが一度に起きてパニックを起こしている義隆を宥《なだ》めるため、大地はそう宣言して彼を抱き締める。

そして、日下部がいる前で義隆にキスをした。

ただのキスではない。

舌を差し込んで、吸ったり甘噛みしたりと、やりたい放題のいやらしいキスだ。

「はいっ！　おしまいっ！」

「あ、ありがとう……ございました」

義隆は頬を染めて、礼儀正しく礼を言う。

「それだけ？」

大地は、いたずらっ子の顔で尋ねた。

「続きを……乞うご期待。……風呂に入ってきます」

義隆はそう言うと、ふらりとよろめきながら大地から離れた。

「じゃあ、俺も一緒に入る。年配者の背中を流しなさい」

日下部が、ここぞとばかりに主張する。

「こういうときだけ、偉そうに言うなっ！　変態中年っ！　義隆と風呂に入るのは俺ですっ！　俺っ！　恋人の俺っ！」

大地の剣幕がおかしくて、日下部は「かはっ」と変な声を上げて笑い出す。

義隆は大地の大声にビクビクと怯《おび》えた。

「これ以上若者を煽ったら、死んだ方がましだという恐ろしい目に遭わせますから」

大地は日下部に釘を刺し、うろたえている義隆の腕を引っ張って座敷から出た。

「あの、風呂場はどこですか」

座敷から脱出したはいいものの、大地は宮野家の浴室がどこにあるのか知らなかった。

「トイレの……横の……引き戸」

義隆は大地の腕にしがみついたまま言う。

「はいはい。……本当にあの年寄りは、油断も隙《すき》もない。俺が脱衣所にいますから、先に風呂に入ってください」

「この場合……一緒がいい」

「でもね……」

「大地さん、一緒に入りましょう」

誘われています、俺。ただ風呂に入るだけで済まないでしょうに、この人はそれが分かっているのか。それとも、さっきのキスのように「気持ち良かったです」とか感想を言って終わりなのか。この人と恋愛をするには、どうしたらいいんだ?

大地は義隆に引っ張られて浴室に向かいながら、一筋縄でいかない恋について延々と考え続けた。

「着るのは大変なのに、脱ぐのは一瞬です」

真面目に恋を考えている大地の前で、義隆が着物を脱いでいく。

「あの、義隆さん」

「はい」

「俺は……あなたが好きだと告白した男です」

「はい」

「好きな人の裸を前にして、俺はどうしたらいいのでしょう。可哀相だと思いませんか？　それとも、風呂場でも恋人同士の振りをしてくれるんですか？」

ため息交じりで呟く大地の前で、義隆も困った顔をした。

「どうしましょう」

「あー……、困らせてすみません。多分大丈夫だと思うので、さっさと入っちゃいましょう」

まったく期待していないわけではないが、こうでも言わないと義隆は動かないだろう。

大地は、「髪を洗ってあげますね」と笑みを浮かべた。


リフォームの済んだ浴室は、成人男性が二人で体を洗っていても狭さは感じない。

「誰かと一緒に入るなんて……ずいぶん久しぶりです」

義隆は、大地に背中を洗ってもらいながら呟く。

「そうですか？　俺は、つい最近まで……」

　大地は途中で口を閉じ、「ははは」と笑って話をごまかした。

「恋人がいたんですか？」

「はい。でも、振られました」

「大地さんを振るなんて、強気な女性ですね」

「……その話はもう終わりましたから」

　あなたに出会って、俺の人生はまた変わったんですよ、義隆さん。

　大地は「俺の思いが伝わりますように」と、より丁寧に義隆の背を洗う。

　顔だけでなく背中も、剝き立てのゆで卵のようにつるっとしている。この滑らかな皮膚に舌を這わせたら、どんな声を出してくれるのだろう。身悶《みもだ》えたりするのか。それを想像するだけで、大地の股間は熱くなった。

「私に恋人がいたのは……大学生の時まで、ですね。それ以降はもう……面倒で」

「俺のキス、気持ち良かったですか？」

　義隆の女性遍歴《へんれき》など聞きたくない。だから大地は、話を強引に変えた。

「え？」

「さっきの俺のキス。昼間にしたキス、気持ちよかったですか？　それとも、何も感じなかった？」

「……私たちは……まだ出会って……二日も経っていなくて……」

「ごまかすくらいなら、告白の返事をください。俺より十歳も年上で大人なんだから、お行儀のいい答えぐらい出せるでしょう？」

我ながら、刺々《とげとげ》しい言い方だと思う。

大地は、義隆を傷つけるような言い方に自己嫌悪した。

「それとも、俺はあなたに甘えていいんですか？　あなたのことを、好きに扱ってもいいんですか？」

大地は右手の人差し指で、ほくろ一つない義隆の背を、するりと撫でる。

義隆の体がぴくりと動いた。

「何も言ってくれないと、好き勝手に悪戯《いたずら》しますよ。……こんなふうに」

義隆が大人しいのをいいことに、大地は彼を背中から抱き締めた。

「あの」

「はい、なんですか？　義隆さん」

「男同士のセックスにおいて、必ずしも挿入は必要ではないというのは本当でしょうか」

「は……？　いや……その……俺は挿入する派だったので、なんとも……」

「では私は、あなたと付き合うことになったら……挿入される側に？」

「そう……なりますね。というか、その気になってくれたんですか？」

大地は嬉しくなって、義隆の股間に両手を伸ばした。

「な……っ」

「経験のない人に、いきなり挿入したりしませんから安心してください。最初はうんと優しく、男同士でもこんなに気持ち良くなれるんだということを、教えてあげます」

「いや、あの……私は……後学《こうがく》のために……っ……ん……っ」

大地の両手に愛撫された義隆の雄《おす》は硬く勃起し、粘《ねば》りけのある湿った音を立てている。

「同じ気持ちよくなるにしても、自分の手でない方がいいでしょう？」

右手で雄を扱《しご》きながら、左手で優しく陰嚢《いんのう》を揉《も》んでやる。

すると義隆はたまらずに前屈《かが》みになった。

大地に尻を突き出すような卑猥《ひわい》な格好で、義隆は浴室に自分の声が響かないよう両手で口を押さえる。

「ここを弄《いじ》るだけで、義隆さんはそんなに感じちゃうのか。……敏感で可愛い」

義隆は首を左右に振るが、大地は嬉しそうに彼の耳たぶを甘噛みし、執拗に雄と陰嚢を弄ぶ。

「く……っ……」

義隆の唇から、切なげな声が漏れた。

「もう我慢できないの？　俺より十歳も年上なのに、我慢できずに射精するの？」

大地は意地悪く囁いて、義隆の雄の鈴口《すずぐち》を指の腹でくすぐる。

「ふぁ……っ……、んん……っ……そこ……は……っ」

「可愛い声だなあ。もっと弄って欲しいんでしょう？　義隆さん」

「ん、ん……っ」

義隆は快感の吐息を漏らしながら、首を縦に振った。

「あなたの、そういう素直なところが凄く好きだ」

大地の指が義隆の性器に絡《から》みつく。

巧《たく》みな指の動きに、義隆はいつのまにか腰を振っていた。

大地の指の動きに合わせて腰を振り、掠れた声で喘《あえ》ぐ。

達したあとも、大地は義隆の下肢《かし》から執拗《しつよう》に残滓《ざんし》を搾り取った。

「すごくよかったでしょう？」

「よ、よかっ……た」

義隆は大地に体を預け、荒い息を吐きながら答える。

「次は……大地さんの番だ」

「はい？」

「自分でやるように……扱けばいいのですね？」

大地は、自分の雄に義隆の指が絡みつく様子を見た。

「感激です」

「これくらいで、感激されても」

義隆は吐息を漏らし、ゆっくりと大地の雄を愛撫し始めた。

それは、義隆にとって照れ隠し以外の何物でもなかった。

慣れ親しんだ自分の性器ならともかく、出会って日の浅い赤の他人の性器を掴んで扱くなど、普通なら考えられない。

それでもやろうと思ったのは、無理強《じ》いせずに快感だけを与えてくれた大地への礼だ。

そして、自分の愛撫で感じている彼の顔を見たかった。

「あまり上手くないと……思いますが……」

「上手かったら悲しいので、今のでいいんです」

大地は快感に上擦った声で、義隆を抱き締めた。

耳元に聞こえる大地の熱い息に感化され、義隆の雄がじわじわと立ち上がる。

すると、それを見越したように、大地の右手が再び義隆の雄に絡みついた。

「あなたの方が若いんですから……早く射精してください」

義隆の焦った声に、大地が笑う。

その笑い声が艶やかで、義隆の雄は硬さを増してぴくんと震えた。

「義隆さんこそ、ずいぶん元気じゃないですか」

「あなたが握っているから……」

それ以上は恥ずかしくて言えない。

言葉で煽るよりも態度で示してくれた方が、恥ずかしい思いをしなくて済むものを。

この、義隆より十歳も年下の青年は、若者らしい残酷さで義隆を煽った。

「もっと言って、義隆さん。俺、あなたの声だけでイきそうだ」

「……想像つきません」

「作家なのに?」

こういう場合、作家云々《うんぬん》は関係ないと思う。むしろ、どれだけ場数を踏んでいるかが重要だ。

「じゃあ、俺が言うから復唱して。『義隆のいやらしいあそこを、もっと弄ってください』」

い、言えるわけがない。

義隆は首を左右に振って、「だめ……」と掠れた声を出す。

「こんな簡単なのに? じゃあ……『私の乳首を強く吸って』」

それも無理。

義隆は再び首を左右に振った。

「そういう……挑発的な台詞は……」

「自分の小説では、恥ずかしいことをいっぱい書いているのにね。口にするのは恥ずかしいんだ。可愛いな義隆さんは。意地でも言わせたくなる」

「だめ……です……本当に……っ」

ちゃんと自分の本を読んでくれているのは嬉しいが、この場で引き合いに出さないでほしい。

義隆は、大地の雄を扱きながら低く喘ぐ。

「では、俺の指でうんと気持ちよくなってください」

「はい」

これなら言える。

義隆は、大地の指が動きやすいように足を広げた。

途端に、くちゅくちゅと卑猥な音が鳴り響き、義隆はびくびくと腰を浮かして絶頂を迎える。

十歳も年下の青年に見つめられたままの射精は、恥ずかしくて、でも気持ちよくて、頭がおかしくなりそうだった。

「快感には反応するのに、俺の告白には、返事をくれないんですね」

「あ……」

それは無理だ。結果はもう分かっている。あなたが好きでも、私に恋愛は向いていない。

そこまで思って、義隆は愕然《がくぜん》とする。

この思考だと、自分は大地が好きだという前提だ。

好きか嫌いかで問われたら、好きと言えるだろう。嫌いであったら、一緒に住むことに断固として反対したはずだ。

だが、その「好き」が恋愛的なものかどうかと問われたら、返事に困る。

けれど男同士でも、大地ほど自信たっぷりに迫られたら、うっかり幸せな一生が送れそうだ。後ろめたい気持ちも背徳感《はいとくかん》もなく。……それに、義隆には恋に積極的になれない理由があった。

「まだ出会ったばかりだから？　どれだけ待てば返事をくれますか？」

大事は拗ねた口調で呟きながら、義隆の萎《な》えた雄を愛撫する。

続けて何度も射精など出来ない。

なのに義隆の体は、大地の指の動きに反応を示す。

「だめ……っ」

「やめていいんですか？」

大地の指の動きがぴたりと止まる。義隆は「意地が……悪いです」と上擦った声で呟き、自分が握っていた大地の雄をゆるゆると扱き始める。

「義隆さんって……顔は綺麗なのに手は大きくて筋張ってて……もの凄くいやらしい。俺、こういうアンバランス……好きですよ」

「空手をしていた……から……いやらしいのとは……関係……」

「関係あるよ。……ねえ、義隆さん。俺の指はあなたの指より細いから、ここに入れてもいいですか？」

言うが早いか、大地の指が後孔にするりとあてがわれた。

指の腹で優しく撫でられると気持ちがよくて、義隆は抵抗することを忘れる。

「感じてるのが伝わってきますよ。……ずっとこうして……あなたに触れていたい」

「ああもうっ！　君たちはじれったいなっ！　もっと強引にっ！　だらだら話しながらするものじゃないだろうっ！」

突然、浴室の扉が開いて日下部が現れた。

彼は仁王立ちで二人に説教すると、「あと十分で出ろ。俺も早く風呂に入りたい」と言って、再び扉を閉めた。

「どこから聞いていたんでしょうか……」

「見当もつかない。……ああ、勿体ないな。せっかく義隆さんが握ってくれてたのに、びっくりして萎えた」

大地のあっけらかんとした笑いに、義隆もつられる。

「しかしまあ……義隆さんのエロい姿をいっぱい見られたから、よしとしよう。さて、十分で頭を洗って湯船に浸かりましょう」

ぎゅっと、大地に抱き締められて、義隆は今更緊張した。

「あ、今度は体が硬くなった」

大地は「下品ですみません」と謝ってから、嬉しそうに笑う。キラキラと輝いて綺麗な顔だ。

「……私が、ベタベタと抱きついても……あなたはそうやって嬉しそうな顔をするんですか？」

『ごめん。なんていうか……鬱陶《うっとう》しい。重い。辛い』

『お前は一直線過ぎなんだ。それじゃ相手は身が持たない。おい、聞いているのか?』

今更、十数年も前の出来事がちらつく。

でも今なら、何を言われても大丈夫。

傷つく前に、暢気にすり抜けられると、義隆は大地にもたれて尋ねた。

「当然です。恋人にベタベタされるなんて最高でしょう? ましてや、『ああ、俺にはこの人だ』と思った相手だ。……あれ? もしかして義隆さん、告白の返事? 心境の変化?」

驚いた。

そして嬉しかった。義隆は無性に嬉しかった。

「告白されたことも、したこともありました。昔はね、いっぱい。いろんな相手と付き合いましたが、誰とも長く続きませんでした」

「昔話をするのは、『こんな私でもあなたと付き合っていいの?』と確認を取る作業です」

なるほど、そういうことか。

義隆は小さく頷いて笑った。

「もう少し……いやらしく触っていたいんですけど、いいですか?」

「あ、あなたの……好きにすればいい……」

大地の、欲望を正直に言える性格を羨ましく思いながら、義隆は快感に掠れた声で応えた。

結局日下部は、義隆が大地のために用意した布団で就寝した。

押しかけ客なのにずいぶんと図々しい。

「……で、俺とあなたが同じ布団で寝る、と」

「違います」

期待していた大地は、サックリと否定されて苦笑する。

二人は義隆の部屋で、彼の布団を挟んで向かい合って腰を下ろしていた。

大地は、寝るときはタンクトップに下着だが、義隆は浴衣だ。

風呂上がりの義隆の姿は、窓から差し込む月明かりに照らされて美しい。

「じゃあ……俺にあのオヤジと一緒に寝ろと?」

「私の布団を使ってください」

「あなたは?」

「少し……仕事、などしようかと」

とん、と、義隆の視線が泳いだのを、大地は見逃さなかった。

「なんだ。……俺は、義隆さんがもっと昔の話をしてくれるのかと思った」

特に、誰とも長く続かなかったというくだりが気になる。とても気になる。義隆さんの容姿なら、相手を振っていたのだろうか。いやまて、俺のようについ振られてしまうということもある。いやいや……とにかく、真実が知りたい。

大地は真剣な眼差しで、右手で濡れ髪を掻き上げる義隆を見た。

「出会って間もない私を好きだと言ってくれて、嬉しいです。しかし……」

「ごめんなさい、ですか?」

「私は……大地さんのことはよく知らない」

「これから、お互いに知っていきましょう。それでいいじゃないですか。お互い話し合って、改善できるところは改善し、歩み寄るべきところは歩み寄りましょう」

浴室での積極的行為が身を結ぼうとしているのか。

大地は希望を胸に、祈った。

「若者は図々しいです」

「え? あなただって、ずいぶん若いですよっ! 間を置かずに二度も射精して、勃起も三度だ。俺より若いんじゃないですか?」

「今も時間を見つけて鍛えていますから、体力はあると……ではなく。そういう問題ですか」

「強制射精が出来るじゃないですか。『あこがれの年上の人を、思う存分陵辱《りょうじょく》』……なんて」

「……大地さん」

「『愛しい年上の人を緊縛《きんばく》して、忠犬になるまで延々と調教』……とか」

「……あの」

「縛るんだったら、筆か刷毛《はけ》で失禁するまで責めるというのも夢です」

「大地さん……っ」

義隆の大声に、大地はようやく我に返った。

思っていたことを口にすると清々《すがすが》しいが、聞かされる相手の気持ちまでは考えていなかった。

義隆は、大地が初めて見る険しい顔で、両手の拳を握りしめていた。

「もしかして俺……今から殴り飛ばされちゃうんですか？」

「言葉だけですから、殴りません」

「女装の言葉責めなんてどうです？　下着からアウターまで、俺が素晴らしいものを用意します。定番ですが、義隆さんは色が白いから黒のレースを着せたい。俺は結構、ボキャブラリーには自信があるんです」

大地は、自分の趣味を前面に出し過ぎてしまったのかもしれない。

義隆は顔を背《そむ》け、深く長い溜め息をついた。

「……あなたはしつこい」

「それは、自覚してます。泣くまで責めるの好きだし。絶頂で気絶させたら『やった』とか思うし。意地悪って言われたらゾクゾクしてもっと意地悪したくなるし。俺はきっと、スタイリストでなかったら、人間相手の調教師をしていたと思います」

「しかし……」

再び大地を見た義隆の顔は、月明かりでも分かるほど赤かった。

「私も多分……しつこい、です。しつこくされるのも、しつこいのも……好きで。そのせいで……恋人ができても長続きしない。振られてばかりでした。……こんなこと、田島さん以外は誰も知りません」

義隆はそこで一旦口を閉ざし、小さな溜め息をついて再び口を開いた。

「なんというか……納豆系のねたーっとした感じで、ぬるっとしていて、そういうベタベタ感が嫌われる要因だったと思います。私は、ねっとりグルグルっとされる方が好きです」

緊張した義隆の擬音早口。

大丈夫、大地にはしっかり意味が伝わった。エロワード系なので、伝わりやすいのだろう。

「田島さんも知っているというのはむかつきますが、俺より先に生まれているんだから仕方がありません。許してあげましょう」

大地は慈愛の心ですべてを許し、義隆に両手を伸ばした。

「俺の悪戯の仕方が、義隆さんの性癖《せいへき》にぴったりだったんですね？」

義隆はぎこちなく頷く。

普通なら、もっとも隠すべき部分だが、義隆は頷いた。

大地は、「この世には、触れ合って初めて分かることもたくさんある」を体験し、密かに感動した。

無防備になった義隆は、秘密の性癖を大地に教える。

大地はそれをしっかりと受け止めた。

「性癖がマッチしてよかった。これからは俺が、義隆さんを毎日責め倒してあげますね。ああ、その前に挿入したいなあ。義隆さんの中に俺の精子をたっぷりと注ぎ込みたい。孕《はら》んでもいいですよ」

「あの」

義隆が一歩前に出た。ぽすんと布団に膝をつく。

「私は……同性とのセックスで……挿入されたことは一度もありません」

「そうですか……って！　えええええぇぇっ！」

なんだよ、この「超展開」はっ！

大地は真夜中だというのに声を張り上げた。

義隆は、訳が分からずきょとんとしている。

「あの……何か不都合でも？」

「いや……どうしよう……俺……」

大地は両手で顔を覆い、「嬉しいです」と呟いた。

義隆のように、美形で性格がほわんとしている場合、大抵が挿入される側になる。たとえ長身であろうと空手道場に通って登山部に所属していたであろうと関係ない。

大地も「告白もキスも初めてではない」と言われたときから期待はしていなかった。

なのにどうだ。大地の目の前にいる天使は処女だった。こうなると天使よりもマリア様だ。

「俺のマリア……」

「はい？」

「義隆さんの処女は、俺が大事に大事にいただきます。ちゃんとシチュエーションとかロケーションとか考えて、一生の思い出にしましょう。年老いても楽しく語れるように。だから、本番までもう少し待って」

「ええと……」

大地は熱い思いを胸に抱いて語るが、義隆は曖昧《あいまい》な笑みを浮かべる。

ああ、もしかして一歩引かれてしまっただろうか。美形にあるまじき熱血行為だったか。俺もまだまだ青いな。突っ走りすぎだ。

心の中でこっそりと、一人反省会を開いてから、大地はキラースマイルを浮かべた。

「年老いても語れるように……とは？」

「言ったでしょう？　俺はしつこいと。あなたが俺を嫌いになるか、俺が不慮《ふりょ》の事故で死んでしまわない限り、ずっと愛し続けます」

「そうやって言いきる自信は、どこから出てくるんでしょう」

「さあ。生まれ持ったものとしか、言いようがありません」

大地が笑い、義隆が釣られる。

「これから俺たちは、毎日毎日、互いを知っていくんですよ？　いいですか？　義隆さん」

「あなたは強引で図々しい」

義隆の言葉はきついが、口調は柔らかかった。

「若いうちはそういうものです」

「人を年寄り扱いしないでほしい」

「今までは、散々俺のことを『若者は』と言っていたくせに」

大地は笑みを浮かべて悪態をつき、義隆の体を布団の上に押し倒す。

「……そろそろ、俺と付き合うと言ってくれませんか？　義隆さん」

「出会ってから、たったの二日やそこいらで？」

「はい」

「仕方がないですね。子供の我が儘《わま》を聞くのも、大人の仕事のうちです」

義隆は可愛くないことを言い、嬉しそうに目を細めて大地を見上げた。

イエスと言わないのは、年上としてのプライドだろうか。

今はそれでもいいと、大地は思った。

毎日一緒に暮らしてお互いを知っていけば、呼吸をするように「好きだ」「愛してる」という言葉が出てくるはずだと信じている。

「そうやって、俺を挑発するんですね」

大地は吐息のように言葉を漏らし、義隆の浴衣の裾《すそ》を乱暴に開いた。

清々しい朝。味噌汁のいい香り。雀のさえずり。そして……。

「大地さん、朝食の用意が出来ました」

初々《ういうい》しい新妻《にいづま》……。

大地はあくびをしながら体を起こし、浴衣にエプロン姿の義隆に「おはよう」と言う。

義隆は目を細めて「おはようございます」と言ってはにかむ。その表情が無性に可愛い。

「日下部さんは、もう起きています」

「年寄りは朝が早いから」

「私とあまり年が変わりませんが」

義隆は微妙な表情を浮かべて呟いた。

「俺の義隆さんは、アンチエイジングのマリア様ですから、いいんです」

「はいはい。それよりも……あの人が、ここにしばらく住みたいと言うので、少々迷惑です」

義隆さんと一つ屋根の下だと？　俺が仕事に行っている間は、二人きりだっ！　そんなの誰が許すかっ！

大地の頭に一気に血が通う。

彼がしかめっ面でジャージを着ている途中に、朝っぱらから来客があった。


「朝飯を作りに来たんだが」

「朝ご飯を食べに来たんだけど」

田島と山田は、それぞれ手に差し入れを持ち、宮野家にやってきた。

「なんだ義隆。豪勢な朝飯だな」

勝手知ったる他人のなんとか。

田島は台所へ行って差し入れを冷蔵庫に突っ込むと、廊下を挟んで向かいの座敷に足を踏み入れた。

するとそこには、高級料亭のような朝食が並べられている。

「やあおはよう、田島君」

浴衣姿の日下部は、宿泊客のように泰然《たいぜん》と腰を下ろし、食事前の濃い茶を飲んでいた。

「日下部さん……泊まったんですか？　ここに」

田島と日下部は、何度も仕事をしている。

名前を呼ばれた日下部は、田島に軽く手を振ってみせた。

「ああ。ちょっとした事情でね」

田島は日下部の返事を聞きながら、視線を義隆に向ける。

「事情ではなく、強引に勝手に泊まったんです。初対面だというのに……」

一緒に仕事をしていても、それはそれ。ビジネスライク。

プライベートも知人友人とは限らない。

義隆は、大事な装丁家に面と向かって「図々しい」と言えず、ため息をついた。

「冷たいな、義隆。君のそばにいて、もっと君を知って、素晴らしい装丁を作りたいと思っているのに」

日下部は「すべてを知りたいね」と呟き、暢気に茶を飲む。

大地は何も聞こえていないふりをした。

「……似たような台詞を少し前に聞いたな」

「私も聞いたわ」

田島と山田はそう言って、ニヤニヤしながら大地を見た。

視線が痛いが、この際気にしない。

なんと言っても、義隆からよい返事をもらえたのだ。この勢いで仕事を頑張りたいと思いつつ、大地は「おめざ」の一口まんじゅうを口に入れる。

「人数が増えても、おかずは融通《ゆうずう》が利《き》きます。二人ともどうぞ」

「お前……なんか浮かれてないか？」

田島の問いかけに、義隆は首を傾げて「別に」と返した。

「しかしなあ」

「腹が減ってないんですか？　田島さん」

「減ってる」

「でしたら、大人しく座って待ってる。いいですね？」

義隆は、諭すように優しく言って田島を黙らせる。

それを山田は面白そうに見つめた。


だし巻き卵に、あじの開き。大根おろし。焼いた厚切りハムに焼き海苔。箸休めに漬け物。味噌汁の具は豆腐とわかめ。

素晴らしい「旅館の朝食」の前、義隆はちょこんと大地の隣に腰を下ろした。

「どうぞ、召し上がれ」

義隆は大地にだけそう言って微笑む。大地もにっこりと微笑み返す。

それを見た田島が、思い切りしかめっ面をした。

「このあじ、小振りなので骨を取るのが面倒かと……」

義隆は大地のあじに手を伸ばし、手際よく骨を取り除いてやる。

「はいどうぞ。大根おろしと和《あ》えますか？　それともこのまま食べます？　醤油は、あじでなく大根おろしだけにかけるように」

「義隆さん」

「好き嫌いはいけません」

「いや、何もかも食べられますが……」

「ごはんが硬すぎましたか？　私は柔らかめより硬めの方が好きなので……」

「そうではなく」

「食べさせてほしいなら、言ってもらわないと」

「その前に、少し周りを見てみましょうか」

大地はにっこり微笑んで、義隆の口を右手の人差し指で押さえた。

日下部は羨ましそうに大地を見つめ、山田は呆れ顔で口をぽかんと開けている。田島は、厳つい顔がいつもの三割り増しで、鬼のようになっている。

義隆は訳が分からず、きょとんとした顔を見せる。

「俺は大人ですから、何もかもやってもらわなくても大丈夫です」

「しかし……」

「そうじゃなくても、俺……田島さんに殺されそうですから」

視線で人が殺せるのなら、きっとこんな感じだろう。俺は今、生命の危機を感じてます。

大地はほんの少し頬を引きつらせ、「ね？」と義隆に同意を求めた。

「恋人の世話をすることが、そんなにいけないのだろうか……」

義隆の呟きに、まず日下部が立ち上がった。

「風呂場でのイチャイチャは、あれは遊びでなく本気だったのかっ！　ならば私も、参加すればよかったたっ！　義隆の白い肌に思う存分触りたかったたっ！」

生涯現役を信条にしている日下部は、「義隆とセックスすれば俺もアンチエイジングだ」と、頭の悪いことを言う。日本中の作家に「装丁をしてほしいな」と憧れの的《まと》になっている装丁家の威厳は、微塵《みじん》もない。

次に山田が立ち上がった。

「朝っぱらから男同士のエロ話すんなーっ！　なんでいい男ってのは既婚者かゲイなんだっ！　というか、あんたたちの組み合わせだと、どっちがどっちに突っ込んでるのよっ！　私にちゃんと教えなさいよ！」

山田は実に好奇心に則《のっと》った主張を口にし、「どっちも想像できる自分が、ちょっとイヤ」と付け足した。

田島は無言で立ち上がり、「こっちに来い」と大地に目で語る。

これは……腹をくくるしかない。どちらにせよ、義隆とこういう関係になった以上、田島という存在は避けて通れない。

「大地さん」

義隆は大地の腕に両手でしがみつき、「朝食が冷めます」と唇を尖らせた。

その顔が、押し倒したいほど可愛い。

大地は下半身が熱くなるのを堪えて、「ちょっとだけ」と言って田島のあとに続く。

「田島、その子の顔だけは殴らないでね？」

山田は田島の後ろ姿に、そっと声をかけた。

「誰が殴るか。話し合いだ、話し合い。義隆はついてくるな。分かったな？」

田島の声は、とても冷静だった。

冷静すぎて、逆に誰もが大地の無事を祈らずにはいられなかった。

庭に続く廊下の戸を開け、濡れ縁に腰を下ろす。

田島はあぐらをかいて煙草を銜えた。

大地はその横に正座する。

普通なら、編集が作家のプライベートに立ち入るのかと逆ギレするところだが、大学在学中から義隆の面倒を見ていた田島は、ある意味彼の「保護者」だ。

「あの……」

「お前に義隆の相手が務まるのか？　おい」

田島は銜え煙草のまま呟き、紫煙を吐き出す。

「え？」

てっきり怒鳴られるか殴られると思っていた大地は、田島の呟きに驚いた。

「あいつはな、好きになった相手にとことん尽くすぞ。男も女も関係ない。そりゃもう……うざいくらいに。加減が分からないんだな」

「……しつこくして失敗する、というのは本人から聞きました。納得済みです」

話が「別れろ、切れろ」方面でないと分かった途端、大地は内心胸を撫で下ろす。

「宮野兄弟は上の三人は年が近くて、宏隆だけが十何歳か離れているだろ？」

田島は煙草を手に持ち、庭を見つめて話し出した。

「はい」

「幸隆情報によると、宏隆が生まれて一番喜んだのは、十何年も末っ子をやっていた義隆だった。大事に育てよう、絶対に喧嘩はしない。だって俺はお兄ちゃんだから……と、それはもの凄い溺愛《できあい》っぷりだったそうだ。俺があいつを知っているのは大学からだが、それでも弟中心で生活していた。端《はた》から見て、尋常じゃないかわいがり方だったんだがな……」

そこで田島は明後日の方向を向いて笑う。

一体、何か衝撃的なことがあったのだろうか。大地は握りしめた拳の中に汗を掻く。

「長男と次男も『弟は可愛い。大事にする』というスタンスだったが、義隆だけがどうも『好きな相手は大事にして世話をして可愛がる』って方向に特化したようなんだ」

「……え？　じゃあ俺は……義隆さんにとって、兄弟と同じ扱いなんですか？」

「バカ。兄弟とセックスするか」

「ごもっとも」

「……あいつは、自分がどれだけ他人の庇護欲をかき立てる存在なのか分かってないんだよな。それなのに、好きな人には尽くす……だろう？　尽くされている分には大人しくていいのに、尽くす立場になると、これほど鬱陶しい相手はいない」

田島は濡れ縁に備え付けてある灰皿に煙草を押しつけ、二本目を銜えて火をつける。

「そういう言い方は……」

「俺は、あいつと付き合った連中から、よく相談を受けていた。……そうだよなあ、天然系ほわほわで大人しい美形だと思っていた相手が、髪に付いたガムみたいにしつこかったら、俺だっていやだ」

「それ、言い過ぎです。いくら付き合いが長いからって……髪に付いたガムは、分かりやすすぎて義隆さんが可哀相だ」

大地は恋人として、義隆をフォローする。

「『義隆は愛《め》でるに限る』。これは、いつも義隆の世話をしていた仲間の一人の言葉だが、けだし名言。見て世話をして楽しむ。あいつは本当に、観賞用だと。虫が付かないように世話をするのも大変だがな」

なんか……話を聞けば聞くほどすごい世界のような気がする。本当に、普通の大学で大学生活を送っていたんだよな？　この人たちは。

大地は複雑な表情で、田島の話を聞く。

「付き合っていた人数はそんなに多くないんだが、とにかく『愛でるに限る』って話がどんどん広まって、いつのまにやら、義隆は癒し系の天然美形に祭り上げられていたと。いや、天然ではあるんだがな。癒しじゃないだろ、あいつは」

「……田島さんは、義隆さんと付き合ったことはないんですか？」

「は？」

「本当に本当に、ほんの少しでも、義隆さんとセックスしたいとか、付き合ってみたいとか思わなかったんですか？　義隆さんって、どっちもオッケーじゃないですか！」

最初は「何を言ってるんだこのバカは」という呆れ顔で自分を見ていた田島の表情が、少しずつ優しい顔に変化した。

「何を心配してるか知らんが、俺は義隆に恋愛感情を持ったことはない。ただ、飼育したいと思ったことは何度もある」

そっちの方がヤバイ気がします……っ！

大地は心の中でだけ突っ込んだ。

「それにあいつ、告白されて男と付き合ってるときは……なんつーんだ？　タチとか攻めとか……とにかく、あの暢気さで押し倒していたんだと。俺的にそれはあり得ん。というか、同性だったら断っておけってんだ。それを、でも好きだと言ってくれたからと付き合うなんてバカだ。美形の安売りだ」

「……そうでしたか。どっちもオッケーというよりは、好きになってくれて嬉しいから付き合う、と？　じゃあなんで、俺が告白したときはすぐに返事をくれなかったんだ？」

大地はしかめっ面で低く呻く。

それには、田島は「バーカ」と笑った。

「二十歳《はたち》かそれぐらいの時のことだぞ？　俺が言っているのは。あれから十何年経ってると思う？　溺愛する弟と同じぐらいの年の男に告白されたら、そりゃあ躊躇《ためら》うだろうが。若気の至りで済む年じゃないんだ。どうせ付き合うなら、女の方がいいに決まっている」

まったくです。

田島の話に大地は感慨深く頷いた。

「しっかし……俺が知る限り、納豆のような恋愛しかしたことのない義隆が、まさかこの年になってまで男に転ぶとはな。しかも年下ときたもんだ。今の世の中、本当に先が読めない」

「納豆はお互い様です。押し倒されてしつこく責められたのは、俺が初めてだと言ってました。ふふ、嬉しかった」

大地は、義隆の控えめな喘ぎ声や、快感に歪《ゆが》んだ顔を思い出して、いやらしい顔で笑う。

「……君、しつこいの？」

田島は、何をとは聞かない。

「はい。義隆さんが何度も言うくらいだから、よほどしつこいんだと思います。自覚はしてます。責めるの大好きです。泣くまで弄り倒します。相手が許しを請《こ》う姿を見るのはステキです。義隆さんが相手だったら……体が頑丈だから、どんなプレイでもできそうです」

「おい」

あんなことやこんなことを想像していた義隆は、田島の声が突然低くなったのに気づいて口を閉ざした。

「そういうことは、俺に聞かせなくてもいい」

「すみません」

「しかし……体の相性がいいなら、案外上手く行くかもしれん」

「決定的な相性は、まだ分かっていませんけど」

「は?」

「だって田島さん。義隆さんの処女を、そんな簡単に奪っちゃダメですよ。シチュエーションを考えて思い出に残る……そう、一見《いちげん》お断りのしっとりとした隠れ宿の離れで、やっぱり浴衣ですかね。浴衣を乱して俺を誘う義隆さん。素晴らしいです」

「どうでもいいから、仕事はきっちりやってくれ」

田島は頬を引きつらせ、面倒くさそうに早口で言った。

「はい。内《うち》なる義隆さんが分かってきたので、俺もインスピレーションが湧いてます」

「それと、付き合うようになったからと、わざわざ言い振らすな」

「了解です」

「……義隆は、恋人には本当に鬱陶しいぞ? 付き合いきれないと思ったら、さっさと別れろ。付き合いが長引けば長引くほど、あいつの傷は深くなる。……正直、仕事に差し障りがあったら困るんだ」

本当に正直だね、田島さん。多分大丈夫だと思いますよ。だって俺、しつこいから。

大地は晴れやかな笑顔で「安心してください」と言う。

「どうせなら、男でも女でも……もっと年配がよかった。それぐらい離れていないと、義隆を掌で転がせないと思う。愛でるにも当てはまるし。なのに、なんで十歳年下に引っかかるんだ？　あいつは」

安心した途端、今度は愚痴ですか。

大地は深呼吸してから口を開いた。

「逆に考えてください。むしろ、十歳年下の俺の方が義隆さんを満足させられます」

そして「義隆さんは敏感で淫乱で絶倫《ぜつりん》だから」と付け足した。

「体力持久力はあるぞ。未だに鍛えているからな、義隆は。それ以外に関してはノーコメントだ。普段の、のんびりしたあいつからは想像できん」

「ではお父さん、俺たちの交際を認めてくれるんですね？」

「誰が父だ。認めなくても付き合うくせに。……ったく、他の編集たちが義隆に恋人がいると知ったら嘆くぞ」

義隆の担当編集は、もれなく彼の信奉者になる。

義隆は何もしていないが、なぜか周りが好き勝手によいしょする。

大地は、彼らの気持ちは……分からなくもなかった。

「彼らのことは、別にどうでもいいです。……とにかく俺は、義隆さんにしつこく迫って仕事の邪魔をしなければいいんでしょう?」

「そうだ」

田島は軽く頷いて、煙草を灰皿に押しつける。

そして、のっそりと立ち上がって、食事が用意されている座敷に戻った。

「子供じゃないんだから、仕事に差し障るようなことはしませんって。がっつりとしたセックスは、仕事の途中でなく一仕事終えたときだ」

義隆の年相応の技巧《ぎこう》も見たいし、自分も想像できる限りのことで責めてあげたい。それには、ちゃんとした休暇が必要だ。

「楽しみだな、義隆さん」

大地は小さく笑うが、ふと自分の股間が元気になりかけているのに気づいた。

義隆をどうやって責めようかと考えているうちに、反応してしまったようだ。

大地は「これはもう、抜くしかない」と呟いて、若干《じゃっかん》前屈みになりながらトイレに向かった。


いつもの座敷に集まった編集たちは、ざわついていた。

田島がいるにもかかわらず元担当の編集もいたが、とにかく全員でざわついていた。

「先生の様子が変だ」

「ああ、あんな……あんな……春風のような先生は初めて見た」

「恋に落ちそうだ。編集と作家なのに！」

「そういうネタ、結構あるから大丈夫だと思う」

「むしろお前ら、先生は男だということに注目しろ」

編集たちは気持ちを落ち着かせるために、各自それぞれ仕事を始める。

初稿《しょこう》チェックだったり、コピーを考えたり、あらすじを考えたりと様々だが、どれも義隆の原稿でないところが、ちょっぴりせつない。

「頂き物のクッキーがあるんですが……」

そこへ、髪を後頭部で一本結びにし、着物にエプロン姿の義隆が、クッキーの入った缶を持って現れた。

「せんせええええっ！」

浴衣にカーディガンの、ボサボサに伸びたままの髪しか知らない彼らは、いきなりの義隆の変身に悲鳴を上げた。嬉しい悲鳴だ。

「さ、さっきと違いますよっ！」

「あ、ああ……大地さんが、あの人は着付けが出来るから着物を着せてもらいました。髪もついでに結ってもらったと……」

「大地さんって、誰ですかっ！　先生っ！　私たちは何も聞いてませんっ！」

「ええと……」

襲いかからんばかりの勢いで近づいてくる編集に、義隆は上手く答えられない。

その代わり、本人が後ろから現れた。

「『佐藤義隆の世界』のスタイリングを担当する、長谷崎大地です。よろしくお願いします。ちなみに、義隆さんの感性に直《じか》に触れるため、一緒に暮らしています」

大地のさらりとした宣戦布告に、編集たちの目が変わる。

このこわっぱめが。大事な先生と同居など、百年早いわ。

普段は仲がいいとはいえない編集たちは、今だけは心を一つにして、脳内で繋がった。

「ではみなさん、俺はこれから別件の仕事ですので失礼いたします」

大地の余裕の態度もまた気に入らない。

大事な先生と、どんな関係なのか気になって仕方がない。あの様子からして、絶対に仕事だけの関係じゃない。

「あ。見送ります」

どこぞの新妻のように、いそいそとあとを追う義隆を見て、彼らはますます大地に怒りを募らせた。

「……あいつ、先生のことを『義隆さん』って呼んだよな」

「俺も聞いた」

「名前で呼びてーっ！　でなかったら、小説の主人公に俺の名前を使っててっ！　キーで打って。いくらでも打って！」

「マニアックな趣味……と笑えないところが悔しいぜ、同志」

「俺、先生相手ならゲイになってもいい」

普段ならここで、誰かが「それはきつい冗談だ」と突っ込みを入れる。

なのに今日に限って、みなそれぞれ目を伏せ、頬を染めつつあれこれ考え出してしまった。


「大地さん。気を付けて。今日は……何時に帰りますか？」

ふわりと揺れる髪が可愛い。着物にエプロンなど、エロスの極地だ。

例え自分とそれほど身長の変わらない男で、しかも十歳年上でも、可愛いものは可愛い。

「義隆さんは、どうしてそんなに可愛いんだろう。今度俺と一緒に食事に行きましょう。デートしましょう」

うっとり見惚れた大地は、義隆の問いかけに返事を忘れる。

「食事ですか。若者の行くようなところだと……」

「よーし義隆。俺と一緒に料亭へ行こう。そこで膝を突き合わせて、親交を深めようじゃないか」

すっかり居座ることを決めた日下部は、すでに別の座敷でスタンバイしている山田たちと打ち合わせをするため、居残り組だ。

「……知らない人と食事をするなと、兄たちに言われてますので」

「一夜を共に過ごして、まだ他人というのか？　義隆。つれないな。だが、そういうのは嫌いではない。むしろ燃える」

「日下部さんは黙ってください。……義隆さん、山田さんや田島さんのそばから離れてはいけませんよ？　相手は海千山千の猛者《もさ》です。充分注意してください」

大地は義隆にしっかりと釘を刺す。

「ははは。褒められてしまった。嬉しいじゃないか、若造からライバル宣言だ。義隆、彼の嫉妬心を煽るために、暇な時間は俺と遊ぼう」

日下部は義隆の腰に手を回し、彼の体を乱暴に引き寄せた。

義隆は小学生の頃から大学を卒業するまで空手をやっていて、今も暇を見て鍛えているというのに、日下部に抵抗できなかった。

「え……？」

「俺もね、一応鍛えているんだ。まだまだ若い者には負けませんって。……いい尻だね義隆。触り心地がいいというか、揉み甲斐があると……」

日下部が言い切る前に、義隆が真っ赤な顔で彼の腕から逃げた。

「ふ、ふ、不覚……っ！」

義隆は大地の後ろに隠れて、日下部を睨む。

「日下部さん。あなたには、若い恋人同士を温かい目で見守ってやろうという気持ちがないんですか？」

義隆を助けられなかった大地は、悔しさのあまり大きな声を出した。

「俺もまだ若いつもりだが」

「自分で若いつもりでも、夜はそうはいかないでしょう」

「今はいい薬がいっぱいあるんだよ」

男の沽券《こけん》に関わることを、いとも簡単に言った日下部に、義隆が「薬に頼るなど、男らしくありません」とズレた突っ込みを入れる。

日下部は「問題なのは、勃《た》つか勃たないかでしょ」と言って、笑いながら家に入った。

「追い出したいのに……追い出せない」

「あんなアレでも、人気と実力のある装丁家……なんですよね」

大地は今朝、山田から「日下部先生の機嫌を損《そこ》ねないで」と釘を刺された。彼の装丁のファンも刷《す》り部数に入っているのだろう。

「知らない人間で、家がいっぱいになるのはいやです」

「だったら、俺のマンションに来ますか?」

義隆は首を左右に振って「仕事は自分の家がいい」と呟いた。

「では、日下部さんと二人きりにならないようにしてくださいね」

取りあえず今日は、田島さんと山田さんがいてくれるはずだ。

大地は、つまらなそうな顔で自分を見つめる義隆の頬に、そっと唇を押し当てる。

「行ってきます」

頬を染める義隆に、大地は軽く手を振った。

さて。

しばらくは、少なくとも表面上では、何事もなく日々が過ぎた。

義隆はノートパソコンを立ち上げ、フォルダをクリックして目当てのファイルを出す。

モニタに綴られた文章を前にして、彼はため息をついた。

大地との同居が始まって二週間あまり。

途中から日下部も同居する事態になったが、今のところ大した事件は起きていない。

色恋を抜きにして話せば、日下部は大変な博識《はくしき》で、義隆の小説のネタをいくらでも提供してくれた。

編集たちも「相手が日下部先生では」と言って、義隆との同居に文句をいうものはいない。

その分、不満の矛先は大地に向かってしまうのだが、大地は大地で、自分は仕事ができる上に美形だと分かっていて自信に満ちているので、文句を言った編集の方がコンプレックスの海に沈んでしまう。

それを端で見ているのは、義隆は楽しかった。

そう……そのころは、まだ暢気だったのだ。

「どうしようか……」

昼間に書けないなら、夜はどうだと、風呂上がりの浴衣姿で座卓の前に陣取ったはいいが、話の続きがまったく浮かんでこない。

自分の作ったキャラクターが、さっぱり動いてくれないのだ。

何度もプロットを読み直して、話の筋を掴んでも、両手をキーボードに乗せると何もかも消え去ってしまう。

今の義隆の頭の中にあるのは、大地のことだけだ。

昼間は、今大地はどこで何をしているか、昼は何を食べているか、誰と話をしているのか、自分の事は思い出してくれているのか……など、気になって仕方がない。

日が暮れたら暮れたで、何時に帰ってくるのか知りたくなった。

今も、さっき携帯電話に来たメールを読んで、こうしてそわそわしている。

「十五分前に、駅に着いたとメールが来た。ならば……」

義隆は立ち上がり、廊下を走って玄関に向かう。

今夜は、いつも何かと邪魔をする日下部もいない。

雑誌モデルの女性たちに呼ばれて、「帰りは明日だ。嫉妬するなよ」と、ほいほい出かけていったのだ。

仕事をするより何をするより、ずっと大地と一緒にいたい。こんな思いは、大学生の時以来だ。十数年ぶりに……心が熱くなっている。

義隆は両手で胸を押さえ「年甲斐もなくときめいている」と苦笑した。

大地に「外見は俺と変わりませんよ」と言われても、こういう思考はやはり年相応だ。十歳年下の恋人のために、常に落ち着いていなければと思っていても、義隆の心と体は恋をしたらどうなってしまうか知っている。

自分の姿が映る物の側に行くと、さり気なくポーズを決める癖が可愛い。自信たっぷりに迫ってくるのをあっさりとかわしたときに見せる、しょんぼりした様子が可愛い。「お互いを知っていきましょう」と言われたときは半信半疑だったが、今は信じている。

可愛いだけでなく、抱き締められたときの、窮屈《きゅうくつ》を感じるぐらいの腕の強さが好きだ。興奮して上擦った声で名前を囁かれるのが好きだ。自分を悦《よろこ》ばせようとベタベタ触ってくるのが好きだ。心地いい。大地がしてくれる何もかもが。

「何をしてやれば、喜んでもらえるのかな……」

与えられるだけでなく与えたい。何もせずに好かれたままでいるのでなく、もっと好かれるように努力したい。もっともっと、大地のいろいろな顔を見たい。義隆は切実に思う。

この状態で「好きだ」と声に出したら、好きすぎて死んでしまいそうだ。

好きだと強引に迫られて、好かれることが嬉しくて付き合っていた学生の頃とは、まったく違っていた。今考えると、あの頃の自分はなんと傲慢《ごうまん》だったことだろう。

「大人げないな、私は……」

もうすぐ大地が帰ってくる。

そう思うだけで、義隆の股間は熱く滾《たぎ》り、両手で隠さなければ勃起がばれてしまう。

「節操のない……」

義隆が切なげな声で自分に文句を言ったと同時に、玄関の引き戸が開いた。


「また鍵をかけていない。いくら玄関で待っていても、不用心でしょう？　義隆さん」

大地は大きな包みを脇に抱え、義隆を叱る。

玄関先で健気《けなげ》に待つ姿は可愛らしいが、大地はやはり防犯面が心配だった。

「ごめん。……ああ……お帰りなさい」

「はい、ただいま」

二人は顔をそっと寄せ、唇を合わせた。お帰りのキスだ。

「何か変わったことは？」

「大ニュースです。日下部さんが遊びに出て、明日まで戻ってきません」

「最高だ。俺の方もニュースです。今日、デュプレに行って、借り物の手配を……」

大地は途中で口を閉ざす。

大ニュースと言った義隆の頬は赤く染まり、黒目がちの大きな目は潤んでいた。しかも両手は、ちょうど股間の辺りにぴたりと当てられて動かない。

「義隆さん……昨日も、こうだったよね？」

「ち、違います」

「昨日だけじゃない。一昨日も、その前も……」

大地は呟きながら荷物を上がりかまちに置き、義隆の肩を掴んで土間に引き下ろした。

「ここでするのが、癖になっちゃった？」

義隆は首を左右に振るが、大地は意地悪く笑って言葉を続ける。

「今夜は日下部さんがいないから、急いで終わらせることも、声を堪えることもしなくていいんだ」

大地は上がりかまちに腰を下ろし、ジャケットを脱いでネクタイを外した。

「義隆さん、浴衣をまくり上げて」

「う……」

「毎日同じ事を言わせないで。ほら、言われたらさっさと浴衣を捲《まく》って」

言葉はきついが口調は優しい。

大地は、義隆がこういう言い回しが好きだと知ってから、いつもこうして責め始めた。

義隆は頬を真っ赤に染め、両手で浴衣を掴んで捲り上げる。

筋張った足や膝、筋肉で引き締まった太股が露《あら》わになり、次いで白い下着が見えた。

下着は先走りで濡れそぼり、怒張《どちょう》した雄と陰嚢がうっすら透けている。

「また、こんなに濡らして。年下の恋人の前で恥ずかしくないの？」

「は、恥ずかしい……」

浴衣をたくし上げ、素直に返事をする義隆が可愛い。

大地はごくりと喉を鳴らし、興奮で乾き始めた唇を舌で嘗めた。

「ずっと……俺のことを考えてた？」

「考えていた。……大地さんの帰りが待ち遠しくて……私は……っ」

大地は両手を伸ばし、義隆の下着を太股までゆっくりと下ろした。

サイドとバックが細い紐状になったTバックは、着物を着たときに下着のラインが見えたらみっともないという大地が、わざわざプレゼントした物だ。

義隆は「大地さんがくれたものだから」と、なんの疑いも持たずに穿いた。

その下着が、今は大量の先走りでねっとりと濡れている。

「俺を待っているだけで、こんなに濡らすなんて、義隆さんはいやらしいな」

「ん……っ」

優しい声で責められて、義隆の雄は先端から蜜を溢れさせる。それは糸を引いて下着に落ち、大地の目を楽しませた。

「あ……」

柔らかな陰毛で覆われた股間を視姦していると、義隆の雄がぴくぴくと揺れた。

「おちんちん、見られてるだけで感じちゃうんだ。ぷるぷる揺れて可愛い」

その露骨な単語を聞き、義隆は首まで赤くして目を丸くした。

「俺は、別に言うことに抵抗はないんだけど、義隆さんは恥ずかしいの？」

義隆は素直に頷く。

大地はにっこり笑って、「じゃあ、おちんちん弄って、と言ってください」と言った。

「え……？」

「言ってくれたら、義隆さんが気持ち良くて気絶するまで弄ってあげる。玉を揉まれながら嘗められるのも好きですよね？」

義隆は大地の言葉を聞くのも恥ずかしいのか、自分がたくし上げた浴衣に顔を埋め、「無理です」と首を左右に振った。

「俺は、あなたがどんな風に乱れるのか知っているんだから、素直になってほしいなあ」

大地はそう言って義隆の後ろに両手を回し、引き締まった形のよい尻を揉み始めた。

「ん……っ……」

「義隆さんが言ってくれるまで、俺はずっとこうして尻を揉んでますよ？　それでいいの？」

大地は、意地の悪い笑みを浮かべて義隆の顔を覗き込む。

「言って」

強弱をつけて尻を揉み、時折、わざと指先で後孔を刺激する。すると義隆の雄はぴくんと震え、感じていることを大地に伝えた。

「う……私の……おちんちん……弄って……ください……っ」

義隆は、目尻に涙を浮かべ、恥ずかしくてたまらない顔で呟く。

羞恥《しゅうち》に震える姿に、大地の理性が飛んだ。

「おちんちん、弄って欲しいの。こんな風に?」

大地は力を込めて義隆を引き寄せ、彼の雄をほおばった。

「ふぁ……っ……あ、ああ……大地さん……っ」

義隆が気持ちよさそうな声を出す。

その声をもっと聞きたくて、大地は義隆の雄の先端を集中して責めた。

舌先でくびれを丁寧に撫で、吸い、鈴口の縦目に舌を差し込み、尿道まで嬲《なぶ》る。

「ひ……っ……ああ、……っだめ……っ……だめです……っ……」

義隆は腰を引いて逃げようとするが、大地はがっしりと彼の尻を掴んで離さない。

カギのかかっていない玄関。

義隆は雄を責め立てられてガクガクと腰を揺らした。

「大地さん……もう……だめだ……っ……だめ……溶ける……おちんちん……溶ける……っ」

義隆が達しようとした寸前に、大事はわざと愛撫をやめ、彼の雄を離した。

「なんで……っ……」

「寸前でやめられると……その分、もっと感じられるんですよ、義隆さん」

「い、いやだ……イきたい……イかせて……ください……。あなたのことをずっと……考えて……勃つまで考えて……ずっと待ってた……のに……っ」

義隆は腰を揺らしながら、じわじわと足を開く。

達したい一心の行動で無意識なのだろう。

乱れた髪の間から覗く目が、艶やかに光っている。

「して、ください……お願いです……大地さん……私を……イかせて」

「俺……義隆さんのオナニーが見たいな。義隆さんの指、いやらしくて好きだから」

「オ、オナニー……したら……弄ってくれますか？　私のこと……いっぱい……弄って……」

「約束する」

義隆は甘い吐息を漏らし、たくし上げていた浴衣から手を離す。そして、自己流に結んだ帯を外して前をはだけさせてから、右手で雄を握って扱いた。

「おちんちんを扱くだけなの？　義隆さん。他には触らないの？」

「ん……っ……ここ、だけ……」

「つまんないな。……俺が、ここを揉んであげるから、気持ち良かったら声を出して」

大地は楽しそうに言って、義隆の陰嚢を掌で転がし、痛みを感じないように優しく揉んだ。

「あぁ……っ……あ、あ、あ……あぁ……ん、ん……っ……そこはいやです……っ」

義隆は大地が初めて聞く高い声を上げて前屈みになり、左手を大地の肩に置いて、崩れそうになる体を支えた。

「可愛いよ義隆さん。もの凄く感じているんだね。もっと揉んであげるから、俺の見ている前で射精するんだよ？」

大地は、義隆の腰の揺れに合わせて、さっきよりも大胆に陰嚢を揉む。

そのたびに義隆は甘ったれた声を上げて「溶ける」と連呼した。

「ん？　どうしたの？　義隆さん。何が溶けちゃうの？」

「お、おちんちん……溶ける……っ……気持ち良くて……溶け――――っ！」

義隆は大地に見られながら射精し、彼のワイシャツやスラックスを汚した。

「あ……っ」

「気持ち良かった？」

「そ、それよりも……大地さんの……服が……」

「いいよ、服ならいっぱい持ってる。それより……今度は俺を気持ちよくしてください」

大地は自分の服についた精液を気にせず、スラックスのファスナーを下ろす。

義隆は彼の前に跪《ひざまず》き、股間に顔を埋めた。

ただのフェラチオではなく、こうして座っている自分の前に義隆が跪く格好に、大地はとても興奮した。

十歳も年上の端整な容姿の男が、自分の怒張を銜えて、切なげに眉を顰《しか》めながら奉仕する姿はたまらない。

技巧は大したことはないが、丁寧さがいい。

延々と雄を嘗められ、鈴口を強く吸われると、大地は思わず「ああ」と声をあげた。

「本当に……義隆さんはしつこいね。いい加減、俺を一度イかせてくれないか?」

「ん、ふ……っ」

大地は義隆の頭を優しく撫で、そっと髪を掴んで引っ張る。

「まだ……こうしていたいです」

「俺は、義隆さんの口に射精したい。いっぱい出すから、残さず飲んで」

「は、はい……、ん、んん……っ」

大地は強引に義隆の口に雄を挿入し、彼の頭を両手で固定して腰を動かした。

「強く吸って、歯を立てないで……、そう。すごくいいよ、義隆さん」

大地は義隆に指示を出したあと、くぐもった声を上げて彼の口腔に射精する。

義隆は懸命に、零《こぼ》さないよう必死に飲み込んだ。

小さく咳き込む義隆を、大地は「よくできました」と褒める。

「平気です。……初めてではありません」

ここで素直に申告しないでくれっ！

大地は、涙目で口を拭《ぬぐ》う義隆を見て大きなため息をつく。彼とて、同性との経験があればこれは仕方がない。しかたがないと分かっている。

だがしかし。

大地の心に、嫉妬の炎が燃え上がった。


翌朝、上機嫌で朝帰り……ではなく昼帰りした日下部は、台所で昼食の準備をしている義隆を見て不思議に思った。

「ただいま。どうしたんだ？　義隆。具合が悪いなら、田島君や他の編集に支度をさせればいい。ん？」

「具合は悪くありません。ただ……布が擦れると……痛くて……」

義隆は日下部から離れながら、理由を言う。

この状態で、今、誰にも会いたくなかった。

義隆は「向こうへ行ってください」と言うが、日下部は何かに気づいたのか、にっこり笑って義隆に近づいた。

「バイブでも入れられてるのか？　それにしては、音が聞こえないね」

「な……っ！　違います……なんですかそれは……っ」

「いや、だから尻に入れてだね……」

日下部は真面目に説明するが、義隆は「尻には何も入ってません」と彼の言葉を遮《さえぎ》る。

「じゃあどうしたの？　気になって仕方がない、義隆。編集たちを呼んでこよう」

「やめてください……っ！　あれです、あれ……っ！　乳首が着物に擦れて感じるんですっ！　それだけですっ！　わざわざ人を呼ぶようなことではありませんっ！」

どうしてこんな恥ずかしいことで、大声を上げなくてはならないんだろう。

義隆は涙目で呻くが、日下部はにっこり笑う。

「どうしてそういう事態に陥《おちい》ったんだ？　そもそも元凶は？　どこへ行ったんだい？」

「大地さんは……自分の部屋で借り物の洋服を広げて悩んでいます。昼の支度が出来たら呼ぼうかと……」

「つまり、呼ばなければここには誰も来ないと」

何を当たり前のことを言っているんだ？

義隆が首を傾げたそのとき。

いきなり日下部の両腕が胸元に伸びたかと思うと左右にぐっと開かれ、義隆は胸元がはだけただらしない格好になった。

日下部は、ふっくらと赤く熟《う》れた乳首をしっかりと目に焼き付ける。

「放っておいてください……っ」

「嘗めれば楽になるよ」

「いくら私でも、この状態であなたに『嘗めてください』とは言いません」

言った途端に、日下部があからさまに残念な顔をした。

よほど自分はバカだと思われているのか、義隆は違う意味で切ない。

「それだと、普通に考えて『お仕置き』だな。長谷崎の小せがれに仕置きされるとは……義隆、なんていやらしいっ！　素晴らしいじゃないかっ！」

二度も襲われるか。

義隆はひょいと日下部をかわし、身構える。

「あー……本気モードに入ったな。俺が死ぬからやめなさい。二歳年上の先輩の言うことを少しぐらい聞いてくれてもいいだろう？　義隆。お前の可愛い乳首を吸わせなさい」

「ぜっっったいにダメです」

日下部の後ろから、いつになく難しい顔の大地が現れる。

義隆は慌てて乱れた胸元を隠した。

「……義隆さん、コーヒー飲みたい……って、どうしてそんなエロい格好になってるの」

「いやその……日下部さんが……」

「どこまで見せた？」

「乳首……だけです」

義隆は恥ずかしそうに俯いて、「それ以外は見られていない」と呟いた。

「うん。本当は、もっといろいろなところが見たかったんだが、君が来てしまって時間切れだ」

残念そうに言う日下部に、大地は「幸いです」と言い返す。

そして彼を無視して義隆のもとへ向かった。

「お仕置き、辛かった？」

「あ……あんな風に弄られたら……辛いに決まって……っ」

「でも、苛められているときの義隆さんって……もの凄く色っぽかった」

「そんなことを言っても……」

「色っぽいです」

大地の顔が近づく。日下部がいるにもかかわらず、キスをされる。気持ちがよくて、嬉しくて、義隆はもう世界に二人だけになってしまえばいいと思った。

他には何もいらない。仕事も、家庭も。義隆は、大地だけが必要で、大事だった。

夕方、宮野家に次男が戻ってきた。

デュプレのデザイナー兼ディレクターである幸隆は、大地に呼ばれて彼の部屋に行った。

「どうしてうちの可愛い三男坊に会っちゃダメなの？　大地君」

「義隆さんは、現在お仕事中です」

「そうなんだよ、ユッキー。俺も追い出されてしまった」

日下部まで、大地の部屋にいた。

「おやカベさん。うちに居候してるって話、本当だったんだ。義隆の食事は旨いだろう？」

「最高さ。着物姿にエプロン、そしてポニテだよ。むらむら来るね」

「可愛いのは当然さ、俺の弟だもの！」

二人のオヤジは両手の親指を立てて、「義隆可愛い」と合唱する。

「問題は、なんであの子の彼氏が、十歳も年下の大地君なのかということだ」

「俺の弟だからいい男を選びましたって感じか。テクもありそうだしな、大地君は」

さすがはゲイの次男、末っ子と違って話が分かる。

大地は「毎晩、義隆さんを責めまくってます」と、頬を染めながら言った。

途端に幸隆の表情が変わる。

「俺の大事な天然ちゃんを、毎晩責め抜いて、恥ずかしい格好をさせて、放送禁止用語を言わせているだと？　義隆は『ユキ兄助けて……っ』と泣きながら射精しているんじゃないだろうね？　義理の弟・大地君」

どうしようこの人、想像にしてもヤバイです。でもちょっと、ぐっと来た妄想。

大地は心の中でこっそり突っ込みを入れるが、日下部は「今の妄想はエロくていいね！」と直に幸隆を褒める。

「兄弟の中であの子だけが母親似で、昔から苦労しているんです。だから、可愛い末っ子同様可愛がってあげているんですよ。……で？　義隆に女装させるって話、本当なのか？」

幸隆はさっさと話題を変えて、仕事モードに入った。

「はい。ビジュアル化してほしい作品のベストテンに入っている『テンペスト・桜』の桜の精をですね、義隆さんにしてもらいたいなと」

「あー……『テンペスト四季シリーズ』の話ね。あれ面白かったな。民俗《みんぞく》や土着宗教とかごっちゃになって。……でもあいつ、華奢に見えてごついよ？」

「知ってます。直に知ってます。この手で確認しました」

大地は両手を見下ろし、「うむ」と何かを再確認する。

「腹が立つな。いや、確認と言ったら俺も多少は……」

「あんたら、俺の弟で……」

　幸隆は渋い顔で、青年と中年を見た。

「それでですね、義隆さんが着る服が欲しい。着物です。桜色のグラデーションと桜の花の刺繍が入った着物」

「おバカさん。デュプレのグループは和服はやってない。借り物はできないぞ。一から作るとなると、いくらかかると思う。予算オーバーという問題じゃない」

　幸隆の言うことはもっともだ。

　だが大地は、「はい分かりました」と言えない。

「着物ならあります。白の打ち掛けですけど。祖母の形見分けで、俺がもらったんです。いつか嫁さんになる人に着てもらおうと思ってたんで。……それで、作れませんか？」

「義隆に、君が形見分けしてもらった打ち掛けを着せるって？」

「はい。だって義隆さんは、俺の生涯の伴侶《はんりょ》です。しつこいので一生離しません。ええ。もう二度と、切ない思いなんてしたくないですから」

　幸隆は「ちょっと感動した」と呟き、両手で胸を押さえる。

「ところで、モデルはいないわけじゃないんでしょ？　なのに、義隆を使うの？」

「イメージぴったり。義隆さん以外に似合う人はいません」

「だったら大地君もモデルで出ればいいじゃん。元々モデルだし」

幸隆の言葉に、日下部も「だったら俺も出る」と名乗りを上げた。

大地は悔しいが「ダメだ」とは言えない。日下部さんはスタイルがよい美しい中年なのだ。

「ほぼただ働きか……。いや、そう言えば山田さんが、『公募モデルという名の、モデル事務所一押し新人を何人も連れて行く』と言っていた」

大地は「男子もいっぱい欲しいな」と呟く。

日下部は「公募なのに一押しか」と笑った。

世の中そういうものだ。

「打ち掛けは……そうだな、俺がなんとかしてみましょう。可愛い義隆が着るなら、お兄ちゃん頑張っちゃう。他に加工が必要なものは早めに言え。一ヶ月やそこいらじゃ、何もできないからな」

「はい。ありがとうございます。そして、ですね……今回わざわざ来ていただいたのにはわけがあるんです。この宮野家の敷地内で撮影したいと思うんですが、担当カメラマンの藤原さんに提案する前に、幸隆さんの意見を聞きたいと思いまして」

幸隆は「ほほう」と言ったきりしばらく目を閉じて黙った。

何かをシミュレーションしているのだろう、時折「ふむ」「アレならいけるか」と独り言が入る。

そして目を開いて「いいんじゃない」と言った。

「趣があるし、ビジュアル化希望七位の近未来物『パンドラ・マザー』の舞台に使うとミスマッチでカッコイイと思うよ。俺『パンドラ・フール』の役がやりたい。まさに本物を連れてきましたって感じだろう?」

胸を張る日下部に、大地と幸隆は「悔しいがまったくだ」と同意する。

「……ついでだから、俺もモデルをしようかな。いやまて、トモ兄たちの息子と娘を出そう。みんな可愛い。モデルデビューだ」

幸隆は、「この話は、山田に言えばいいんだよね?」と言って、携帯電話を取りだした。

こういう企画は、現場の指示やコラボ先の意向でいくらでも変更が入る。

スケジュールや予算に関わる変更でない限り、少数精鋭の「編プロアンバー内・山田部隊」は、常に受け入れる方向で動いていた。

「もしもしー? 山田ー? 俺、ユッキーでーす。あのさ、義隆の本の事なんだけど、俺も協力するから、うちの甥っ子と姪っ子をモデルに……」

そのとき、田島の大声が、幸隆の楽しげな声を掻き消した。

「まさかとは思ったがっ! 義隆っ! 一文も書けないほど重症だとは思わなかったたっ! ど

うしてもっと早く言ってくれなかったんだっ！」

怒るというよりは嘆く。しかも大声で。

田島は右手で顔を覆って低く呻き、義隆は正座したまま俯いている。

大地たちは何事かと義隆の部屋に入ってきたが、彼は恋人である大地を見ようとしない。

「よお、田島。一体何が起きた？　俺の大事な弟を叱るプレイか？　おい」

「ふざけんな幸隆。これはマネージャーと作家の話だ。そっちには関係ない」

「大事な弟が困ってるなら、助けるのが兄の役目だ」

「じゃあ、義隆の代わりに小説を書けるのか？　こいつは新作のプロットどころか、『佐藤義隆の世界』の、読者向け販促《はんそく》メッセージも書けない状態なんだぞ？」

田島はしょっぱい顔で、幸隆を睨む。

「……義隆、スランプかい？　そういうときは、何もしないでのんびりするのがいい。無理をすればするほど、ドツボにはまる」

幸隆は自分の経験から、可愛い弟を慰めた。

しかし義隆は首を左右に振る。

「スランプでは……ありません」

「だから俺がさっきから、理由があるなら言ってみろと、相談に乗ると……そう言ってるだろうが」

田島は、正座したまま俯いている義隆の顔を覗き込んだ。

「……しくて」

「ん？」

「大地さんの……世話が……楽しくて……それ以外は何もしたくなくて……だから……」

耳と首を真っ赤にしたまま、義隆は蚊の鳴くような声で答える。

田島は困惑してため息をついた。

「つまり、義隆。お前は……大地君と恋人同士になったから、何も書けなくなったと？」

「書けないと……いうよりは……思い浮かばない。書きたい風景も、綴りたい言葉も……何も。大地さんの事を考えてると、それだけで満たされます」

義隆は「恥ずかしい」と呟いて、両手で顔を覆った。

彼の姿は乙女そのものだ。

「ここは……俺は……まいったなと照れちゃいけないシーンですよね」

大地の呟きに、日下部が「その通りだねー」と心のこもっていない返事をする。

「しばらく休むにしても、まったく何も書かないままでは済まない。さて……」

田島は義隆のスケジュールをどう移動させようか考え始めた。

「あ、あの……これは私の、私の我が儘のようなものなので……仕事はちゃんとやります。大丈夫。一時的なものです。以前も、こういうことがあって……」

「お前が一ヶ月で五キロも痩せた事件だ。覚えてるぞ」

田島と幸隆がハモった。

たしかに義隆は、この人と一生添い遂げたいと思っていた恋人に振られたとき、酷く落ち込み、新人作家としてのデビュー三作目の締め切りを守れなかった。しかも一文字も書けない状態が半年続いた。

結局本が発行されたのは、元々の刊行月から一年以上経ってからだ。

そのとき田島に多大な迷惑をかけたのを、義隆はちゃんと覚えている。

「しかし、今回は逆だろう？　恋が楽しくて何も手に付かないと。この場合、どうするんだ？」

日下部の呟きに、幸隆が言った。

「義隆、クールダウンだ。しばらく大地君と離れていなさい」

なんだって？

どうしようかとずっと一人で考えていた大地と、離れるなんてできっこないと思っている義隆は、顔を見合わせて泣きそうになった。

「俺に言わせてもらえれば、行くところまで行ってしまえば、義隆さんも落ち着くと思いますっ！　今は中途半端で悶々《もんもん》とした状態ですから、頭の中が愛とセックスでいっぱいに！」

義隆と離れずに済む方法を模索していた大地は、大胆な提案を申し出た。

義隆は恥ずかしくていたたまれず、大地の背に隠れて両手で顔を覆っている。

「恋に落ちて頭が恋愛一色になったことは、今までないんでしょう？　でしたら可能だと思います。違いますか？」

自信満々なキラキラ美形をここで発揮せずにいつ発揮するとばかりに、大地は年長者たちに意見した。

「まあなんというか……はっきりシンプルに言ってしまえば、俺は義隆さんとセックスしたい。妊娠するほどやりまくって、俺のものにしたいんです」

下品かつストレートな理由に、みな生温かい笑みしか浮かばない。

日下部など「まだ突っ込んでなかったのか」と呆れを通り越して感心した。

「義隆さんも、俺とセックスしたいでしょう？　挿入の有無は重要じゃないかもしれないが、俺はあなたを抱きたくてたまらないんです。俺に抱かれてください。一生大事にします」

格好悪いプロポーズの言葉だ。

だが、一緒に暮らしてずいぶん経っている義隆は、「そういう人だから」と分かっている。

「に、妊娠……ですか？　しますか、私でも」

「取りあえず、試しましょう。勃つ限り、いくらでも注ぎ込みますから、覚悟してください」

「分かりました。……きっと、ガッツリ行ってなかったので、体がムッハーとしていたのでしょう。欲望で頭の中がグルングルンだったんです」

義隆は真面目な顔で擬音早口を言う。

「もっとこう……作家なら文学的に」

大地は苦笑を浮かべて、「もう一度お願いします」と頭を下げた。

義隆は口元に拳を押し当てて、頭の中で言葉を組み合わせる。

「私はあなたが好きです。好きでたまりません。ですから……私とセックスしてください。妊娠できるか分かりませんが、最大限努力します」

真剣に、淡々と、少々ズレつつも、義隆は大地に分かりやすい答えを出した。

「……俺のことが好き?」

「はい」

「愛してる?」

義隆は照れくさそうに視線を逸らして、「はい」と言う。

「どうしよう。すごく嬉しい。なんとなく察してはいても、言ってもらえるって嬉しいんだなあ。泣きそうですよ、俺」

「私は……死にそうです。こんなふうに……誰かを好きになって……あれこれ考えたのは二度目です。……でも……二度目のあなたの方が、一度目の相手よりも……より愛《いと》しい」

「古風ですが、ぐっと来ました。そして、相変わらず正直申告ですね」

大地はこれはもう仕方がないと笑う。

二人はどちらからともなく手を伸ばし、指を絡めてしっかりと握りしめあう。

今、世界は二人のためにあった。

だがオーディエンスたちは、黙ってそれを見ているような性格ではない。

「お前ら、こっちの世界に戻ってこいっ！　恥ずかしい台詞を延々と並べるなっ！　公然羞恥プレイかよ。気恥ずかしくて体がムズムズするっ！　そして義隆、お前が妊娠することはありませんからねっ！」

幸隆は自分の言いたいことを次から次へと並べた。

しかし義隆は、「妊娠小説……」と何かネタが浮かんだようだ。

「義隆。男が妊娠する話は映画でも小説でもあるから、エピソードが被らないように注意しろ」

大事な担当作家がネタをキャッチしたのに気づいた田島は、すぐさまフォローに入る。

ネタがアレでも「義隆ならやってくれるはず」と信じて。

「面白そうです。……プロット……書く前に……資料。ああ、そういえば販促メッセージがあった。早く書かないと、考えた言葉が耳から出ていく」

義隆は、実に義隆らしいことを呟き、すぐさまノートパソコンの前に向かった。

「セックスすると決めた途端に、我に返るとは。面白い生き物だね義隆は。可愛いからいいか」

日下部は、周りにいる人々を無視してマシンガンのようにノートパソコンのキーを打ち続ける義隆を見て、呆れを通り越して感心した。

「大地君、近日中に頼んだ。さっさと済ませて、いつもの義隆に戻してくれ」

田島は冷静に、とんでもないことを頼み込む。

いやいや、頼まれなくとも充分やる気ですと、大地はしっかりと頷いて見せた。

「大事な弟にトラウマを残すようなことはするな。いいね？　上手く行ったら、デュプレの服を格安で貸し出ししてやろう。……まて、心配だから俺が枕元でレクチャーを……」

真顔で同伴を提案する幸隆に、大地は笑顔で「来ないでください」と言い放つ。

「では俺は、義隆が開通してから遊ぶとするか。その方が気が楽でいい」

「相変わらず勝手な人だ」

大地の呟きに、田島と幸隆が仲良く頷いた。

その日。

山田と大地は朝一でデュプレのプレスと会って「佐藤義隆の世界」に関する広告について話し合い、午後から仲良く長谷崎スタイルに戻ってきた。

山田はカメラマンの藤原と打ち合わせし、大地はアシスタントたちに仕事を振り分けた。

「みんなには、今度の『佐藤義隆の世界』で何人か受け持ってもらう。衣装は俺がすべて用意するが小物は各自好きに選んでいい。借り物は『デュプレ』と『インダストリア』をメインにしてくれ。この二社であれば、どのラインの服や小物を借りても構わない。ただし、撮影の際に俺が合わないと感じたら容赦なく外す。心しておくように。……では、先日の撮影の借り物返却に戻ってくれ」

借りた洋服や靴、バッグなどのタグを付け直し、傷がないか確認して、借り物伝票と一緒に、メーカーに戻しにいく作業は、アシスタントの大事な仕事の一つだ。

大地は、自分のアシスタントたちの仕事は申し分ないと思っているので、アシスタントになった日付が早い者から、デビューさせてやろうと思っていた。

「そうやって仕事をしている間は、格好いいですね、大地さん」

背後から宮野家末っ子の宏隆が囁いた。

「ああ、宮野か。俺の大事な冬夜は元気か？」

「元気です。ただ……大地さんのことを心配してました。仕事は大丈夫なのか、新しい恋人はずいぶん年上だけど大丈夫だろうかとかね。恋人に関しては、すぐ安心してくれましたよ。なんといっても、俺の兄ですから」

宏隆は借り物伝票の束で顔を扇《あお》ぎながら、ふふふと低く笑う。

デビューしてもまだアシスタントのいない宏隆は、伝票の処理も自分でやる。

「あの、大地さん。いくら俺が兄離れしていると言っても、ヨシ兄が大事な兄であることは変わりません」

「それは何度も聞いてる」

「なんであの兄がそっちの道に走ったのか、俺にはまったく理解できないですが……」

宏隆は周りの視線を気にしながら、声のトーンを落として言葉を続けた。

「俺が冬夜に出会って幸せな日々を送っているように、兄にも幸せになってもらいたいんです。たとえそれが、人とはちょっと変わった道であっても」

宏隆の言いたいことはよく分かる。

大地は黙って頷いた。

「……で、ヨシ兄のどこに惚れたんですか？　実際」

格好いいことを言っていたと思ったら、いきなりこれだ。

「外見とか性格とか……一目惚れだったから、それらを全部ひっくるめたものなんだろう。常にすぐ返事をもらっていた俺が、しばらく返事をもらえなかった。天然のくせにガードが堅いんだ」

大地が本当のことを言うと、宏隆は「ヨシ兄だ」と小さく笑う。

「幸兄から目眩がするようなことも聞きましたが、俺からわざわざ言いません。とにかく、過去の女性関係や男性関係を、きっちり清算しておいてくださいね。そう言えば、今朝、受付に大地さんを訪ねてきた若くて綺麗な女性がいたそうです。刺されないように気を付けて」

宏隆はそう言うと、領収書の束を掴んで、愛しい冬夜が働いている経理室に向かった。

「……若くて綺麗な女性？」

心当たりがありすぎで、どこの誰だか見当が付かない。

これは直接受付に行って聞くしかないだろう。

大地はもう、「モテて困るな」と笑ったりしない。

大事な義隆のために、身持ちの堅い男になろうと決意した。

結局受付でも、若くて綺麗な女性としか分からなかった。

ただ、コンサバティブな服装と髪型だったことから、大地は一人の女性を思い浮かべた。

だが彼女は、大地を振って別の男性の元に行ったはずだ。

あれから一ヶ月は経っただろう。今頃彼女は、新しい彼氏と「ラブラブ状態」で楽しくてたまらないはずだ。

連絡を取るにもソッチ方面は大変潔《いさぎよ》い大地は、別れた女性たちのメモリはさっさと消去しているので分からない。

自分の兄も「恋愛は、フォルダ増やすな、上書きかデリートだ」と常々言っていたので、大地もそうなった。

「さて、どうする」

中途半端に時間が空いてしまった。

まだ衣装のイメージが固まらない小説が何冊かあるので、それを読み込もうか。それとも、義隆を外に呼んでどこかで食事をして、そのままセックスに持ち込んでもいい。

大地は会社から出たところで、義隆の携帯電話に電話をかけた。

コール五回で、本人が出る。

「もしもし、俺ですけど」

『今、ノッてきてるところです。申し訳ない。急ぎですか?』

「ご飯……一緒にどうかなと思って」

電話の向こうで逡巡《しゅんじゅん》しているのが分かる沈黙。

義隆は『申し訳ありません』と残念そうに呟く。

「わかった。俺がなるべく義隆さんのそばにいるようにすればいいのか」

大地は笑って、「今から帰ります」と言って電話を切った。

恋人に電話をかけて、こんな短い時間で切ったのは生まれて初めてだ。

大地は「男同士って、用件だけでいいから楽でいい」と思いつつ、今日は直帰にした。

一旦デュプレに寄って、今度は幸隆に挨拶をしてから帰ろうと思った。


大地の誘いを断ってしまった義隆は、気の抜けた声を出して畳に寝転がった。

「どうしよう……嫌われたら……書く気がなくなってきた……」

「ああ？　なんだと？　せっかく茶菓子を持ってきてやったのにっ！」

田島が、ほうじ茶と煎餅《せんべい》の乗った盆を持って、義隆の部屋に入ってくる。

「大地さんが……ご飯を食べに行こうと。しかし今の私はそれどころではなく……」

「適切な判断だ。遅れている販促コメントを、あと二つ、さっさと書き上げてくれ。それが済んだら新作のプロットと資料探しだ」

「座敷が静かだけど、編集たちは？　日下部さんは？」

義隆は座卓に置かれた茶を一口飲んで尋ねる。

「俺が『しばらく一人にしてやってくれ』と頼んだから、解禁になるまで誰も来ない。これで、大地がいるとき、好きな場所でできるぞ」

「田島さん」

「ん？」

「そんな気を使われたら……私は嬉しくて恥ずかしい……」

義隆は目尻を赤く染めて、照れ隠しに田島のごつい腕を乱暴に叩いた。

「俺は、お前が安心して仕事をできるように、犯罪以外のことはする気でいるぞ」

「カッコイイです、田島さん」

「うちの編プロは、お前のお陰で結構儲《もう》かっている」

真面目な顔で言う田島に、義隆は「ぷは」と噴き出して笑った。

「私は……いい年をして、まるで子供だな」

「いつまでも若々しくていいじゃないか。本当にな、肌がつるつるだ」

「紫外線をあまり浴びないからでしょう。それ以外は……ああ、母もそうだった」

今は夫婦揃って南国で悠々自適の暮らしをしている両親のことを、義隆は久しぶりに思い出した。

「あんなふうに、仲のいい夫婦になりたい。夫婦ではないか……なんだろう、パートナー……？」

田島が頷いた。

「大地さんが会社の外から電話をくれました。これから帰ると。……四十分ぐらい待てば、帰ってきますね」

「だったら俺は、あいつと入れ違いで帰ろう。ガッツリやって、すっきりして仕事に打ち込んでくれ」

またそれだ。

きっと完全に終わるまで、延々と言われ続けるのだろう。

義隆は、ことをするのはこの家でいいのだが、大地は別の場所を探しているように見えた。

「大地さん……」

「なんだ、のろけか？」

「大地さんの事を考えていたら……また何も手に付かなくなって」

「は？　忘れろ！　今だけは忘れろ！　義隆っ！」

田島は義隆の肩を掴み、乱暴に前後左右に振り回す。

最初は二人とも真面目な顔だったが、そのうち馬鹿馬鹿しくなって、気がついたら爆笑していた。

ドラマでも、歌でも、こういうシチュエーションはよくある。

大地は宮野家に帰宅途中、一ヶ月ほど前に別れた元カノと鉢合《はち》わせした。

「こんにちは」

「こんにちは。じゃあね」

簡単に挨拶を済まして彼女の脇を通り抜けようとしたが、彼女がついてくる。

「あの、私ね……言いたいことがあるの」

「でも俺は、聞いている暇はないんだよ」

それよりもどうして、俺がここを通ることを彼女が知っているんだ？　仕事関係者以外は俺が義隆さんのところに住んでいるって誰も知らないはずなのに。

大地は突然、ピンときた。

知らないうちにつけられていたのだ。

これはもしかしたらストーカーというものかもしれない。自分がこのまま宮野家に行って、義隆に何かが起きたらどうしようと、大地は一瞬目の前が真っ白になる。

「私、ね……」

ここは相手を怒らせずに話を聞いてみよう。

大地は歩みを緩め、彼女の歩調に合わせる。

「でもね……時間が経てば経つほど、大地のことばかり思い出して……結局ここに来ちゃった」

「うん、そうだと思った」

「新しい彼氏と楽しく過ごしてたんだ」

「うん」

「相手の男は？」

「もう別れた。他に何人か付き合ってる子がいたの。バカみたいで、疲れちゃった」

大地は、彼女の呆れ笑いに付き合って、少しだけ笑う。

「俺は、運命の人を見つけたんだ」

「私と別れてから？」

「君に振られてからね」

大地はまた笑う。

さてどうしよう。宮野家は目と鼻の先だ。取りあえず通り過ぎるか。

それとも、自分がそこで暮らしていることもばれているのか。

「たった数週間で、そういう人が見つけられるの？」

「見つけてしまったんだ。最高の出会いだった」

「その人は綺麗？」

彼女が尋ねる。

すると、宮野家の門から着物姿の義隆が姿を現した。

玄関先で待っているのに我慢できず、門のところに移動したのだろうか。彼はまだ、大地の姿に気づいていない。

さらりとした長い髪に、美しい横顔。

「ねえ、綺麗なの？　その人」

「ああ。とても綺麗だ。綺麗で、強くて……でも、すぐに人を信じてしまって……頼りない感じがとても可愛い。十歳も年下の俺にも敬語で話す」

「そんなに年上？　オバサンじゃない。私は……」

「恋に年なんて関係ないんだよ。好きか嫌いか、それだけだ」

彼女は立ち止まって、じっと大地を見上げた。しばらく無言で。

大地も歩みを止め、優しい微笑みを浮かべて彼女を見下ろす。

どれくらいそうしていただろう。

「変わった。……いきなり、変わった」

彼女が呟いた。今にも泣きそうな顔だったが、涙は零さない。

もう自分を選ばない男に対して、涙を見せるのは勿体ないという思いが、垣間《かいま》見えた。

「よく分からないな」

「変わったよ、大地。よっぽどその女の人が好きなんだね。あなたみたいな、キラキラした男が十歳も年上の人を選ぶなんて……笑っちゃう」

そう言って、彼女はキッと顔を引きしめて大地から去っていった。

ある意味、彼女はとても潔かった。引き際を心得ていた。

さよならの言葉はなかった。なくていい。とうの昔にさよならしている。

「よりはもどりません。俺には愛する男がいるんです」

独り言を呟く大地の背後に大事な人の気配がした。

「……若くて可愛い女の人でした。誰ですか」

忍び足で大地の後ろに立っていた義隆は、明らかに機嫌が悪い。

「昔の彼女です。振られたハズなんですが、よりを戻しにきたようです」

「そ、そうですか……。若くて小さくて可愛くて……」

義隆は「私と正反対だ」と呟いて、溜め息をつきながら宮野家の門に向かう。

「待ってください。俺が好きなのはあなたですよ。自信を持って、義隆さん」

義隆は足を止め、大地を振り返った。

「若造に自信を持てと言われてしまった」

「あのね、義隆さん」

唇を尖らせて拗ねる義隆の元に、大地は苦笑しながら近づく。

「嫉妬している自分がバカバカしいというのは、重々承知しています」

「俺は、義隆さんの方が可愛くて好きだけどな。抱き締め甲斐あるし、俺の性癖にぴったりだし。いっぱい苛めて可愛がってあげたいと思う」

老人の地主が多い閑静な住宅街。彼らは明るいうちに用事を済ましてしまうので、この時間帯はゴーストタウンのように静まりかえっている。

だからこそ、大地は露骨な言葉で義隆を宥めたり煽ったりした。

「お互い『納豆』ですからね。でも他に、もっと旨い納豆があるんじゃありませんか？」

「すごい例え方だな。俺たちネバネバ」

「ネバネバで、離れても糸がニューって伸びるんです。くるくるってやっても取れない糸です」

「俺は、義隆さんが一番旨いと思う。これ以上の納豆はどこにもいません」

二人はそれきり黙り、互いに見つめ合う。

「納豆だなんて……もっと別の比喩もあるだろうに。なんで私は……」

義隆は「せめて餅にしておけば」とため息をついた。

「はは。どっちにしろ、義隆さんは俺に美味しく食べられるのです」

「口ばかりですね、大地さんは。いったいいつ、私たちはセックスをするんですか？」

「いつしますなんて……言えないです。あなたを家から連れ出すのは一苦労だ」

仕事が進んでいるときに、自分の都合で連れ回すことは出来ない。

「今日の分は、もう終わりました。数日、暇が出来ます」

義隆は顔を赤くして、道の真ん中に仁王立ちになった。

「ですから今夜、私を抱きなさい。あなたがほしくて、おかしくなりそうです」

言い切った義隆は、恥ずかしさのあまり今にも泣きそうだ。

言われた大地の顔も、みるみるうちに赤くなる。

「も、もう一度……っ」

「二度は言いませんっ！」

義隆はそう言って、もの凄い勢いで走った。


たった一言で、ぎこちない雰囲気になってしまった。

夕食の会話など、殆どなかった。

みんな自分のせいだと、義隆はタオルで頭を拭き、浴衣に着替えてながらそう思った。

大地は一足先に風呂に入って、今は義隆の部屋で義隆のことを待っているだろう。

「抱けと……命令してしまった。この私が……っ」

きっとまた、恥ずかしいことをいっぱい言わせられる。年甲斐もない露骨な単語を口にして、興奮し、射精する。

大地は義隆のことをよく分かっていて、義隆が気にしている「年上」「大人のくせに」という言葉を頻繁に使って責めてくる。

義隆はそれがたまらなく気持ちいい。

今まで周りにしたのは、自分に優しい人間ばかりだった。大事な家族だった。

大事な人たちは、義隆を裸にして恥ずかしい格好をさせ、酷い言葉と優しい声で責めたりしない。

優しく苛められながら、執拗に愛を注ぎ込まれる感覚が心地いい。

鬱陶しいほどねだっても、大地は嬉しそうに頷いてくれる。いやな顔は見せない。愛してくれと何度も言うと、同じ数だけ愛をくれる。

誰も「重い」とは言わない。だから義隆は、大地が愛しくてたまらなかった。

「お互いに、しつこくてよかった……」

大地に会えてよかった。

義隆は照れくさそうに頭を拭きながら、大地が待っている部屋へと向かった。

「これは……もしや、大人のオモチャ……ですか」

枕元に置かれた派手な色味の器具に、義隆の目は釘づけになった。

「はい。こんなこともあろうかと、用意しておいた甲斐があった。……義隆さんが誘ってくれるなんて感無量」

「私は使ったことがありませんが……」

「え？　ローションも？　これなら使ったことはあるでしょう？」

大地は、半透明のボトルを掴んで義隆に見せる。

「いいえ。……しかし、挿入する際に相手が使っていたような気が……自分はコンドームをはめるのに忙しかったので、相手のことまではちゃんと覚えていなくて」

いかにも義隆らしい台詞に、大地は小さく笑う。

「全部、あなたのために使うものです。だから、嫌がらないでくださいね」

「この年で、この場で嫌がったらそれはもう、カマトト以前の問題です。あり得ません」

義隆は真面目な顔で呟き、掛け布団を剝いだ。

「愛してます。何度でもいいます、義隆さん。一生、俺だけ愛してください」

「はい」

二人は布団の上で愛を交わし、キスをする。

唇が触れ合った瞬間にたちまち興奮した。

大地は義隆の体から浴衣を剝ぎ、辛うじて性器を覆っている下着だけにする。

何度も口づけ、唾液を交換し、互いの喉に流し込む。

キスの間、互いの性器を下着越しに擦りつけあい、先走りをなすりつける。

「ん……っ」

大地はローションの蓋《ふた》を外すと、義隆の股間にたっぷりと注いだ。

下着の上から注ぎ、下着の中にもローションを注ぎ入れる。

粘りけのある無色透明なローションは、義隆の股間をもったりと濡らした。

「下着越しに、義隆さんのおちんちんと玉がくっきりと映ってる」

「ん、ん……っ」

大地は指先で、下着の上から優しく性器を撫で回し、硬くなっていく雄の感触を楽しんだ。

「俺の指に感じてる。……こっちはどうかな」

下着の中に掌が入り、直に陰嚢を優しく揉まれ、義隆の腰が浮いた。揉むたびにぴくぴくと浮いていやらしい。

自分でもそれが分かっているのか、義隆は両腕を交差させて顔を隠していた。

「ここに……指を入れるから」

大地は義隆の下着を剝ぎ、コンドームに二本の指を入れ、義隆の後孔を徐々に柔らかくしていく。

「あ、ああ……っ……入ってくる……っ」

「俺の指だよ。もっと太いものも入るから、馴らしていこうね、義隆さん」

大地は優しく囁き、ぐちゅぐちゅと大きな音を立てて義隆の後孔を犯す。

指が三本に増えても、義隆は唇を噛みしめて圧迫感に耐えた。

「あの……義隆さん……」

「な、何……？」

「俺、最初はバイブでどうのこうの言ってましたが、そんな余裕はないみたい」

大地は、自分の怒張した雄を義隆に見せ、照れ笑いする。

「先に……射精しておきましょう。私に……させてください」

義隆は切なげな吐息を漏らして大地の雄を銜え、キスをしたときのように舌を使ってくびれの周りを愛撫し、手を使わずに唇だけで強く扱いた。

苦しいはずなのに喉の奥まで銜え、嘔吐《おうと》を堪えて愛撫する姿を見て、大地は義隆が愛しくてたまらなくなった。

「いい。すごくいいよ……義隆さん。全部……飲んで……出すから……っ」

大地は、義隆の喉の奥にたっぷりと精液を注ぎ込む。

義隆は無理をして精液を嚥下《えんか》した。

「本当に……すごく……よかった。今度は俺がしてあげないとね」

「私は……いいです。あまり……好きじゃない」

「フェラが嫌いな男はいないよ？　すごく気持ち良くしてあげるから、ほら、俺の前で大きく足を開いて」

大地の優しい命令に、義隆は嫌がりつつも足を開いた。

腹に付くほど勃起した雄と、先走りかローションか分からない液体で濡れそぼった下肢。

大地は義隆の足の間に腰を下ろし、思い切り腰をすくい上げてM字開脚《かいきゃく》にする。

「これで、何もかもよく見える。義隆さんにも……俺が何をしているか見えるようにしてあげるからね」

「ああ……」

義隆は恥ずかしそうに体を震わせた。

「嘗めて欲しいでしょう？　おちんちん。それとも、お尻の穴を悪戯してほしいのかな？」

大地の目の前に、義隆の後孔が丸見えになっていた。

桃色ではないが、ほんのりと色づいた肌色で、ちょうど彼の乳首の色と同じだった。

使い込んでいないというのがすぐに分かる色に、大地は感激した。

「義隆さん……すごく綺麗な色で……美味しそうだ」

大地の舌が後孔を突き、くすぐり、嘗め回す。

「あっ……あぁ……恥ずかしい……恥ずかしい……です……っ」

初めて他人に愛撫される羞恥と快感に、義隆の声が甘く揺れる。

「年下の恋人にお尻の穴を悪戯されて、恥ずかしいの？」

「ん、ん……っ……」

「何も言ってくれないなら、もっと恥ずかしい悪戯をするよ？　義隆さん」

今度は大地の舌が後孔に挿入された。

柔らかく温かなものに肉壁を弄られ、義隆は女性のように甘く高い声をあげて身悶える。

「や、やめて……っ……大地さん……やめてください……っ……だめです……お尻の穴……だめ、恥ずかしくて気持ち良くて……おかしくなる……気持ち良くて、ああだめです……っ」

義隆は観念して、大地の望む言葉を口にした。

快感が過ぎて、目尻に涙が滲《にじ》んでいる。

「義隆さん……とても素敵だ。もっと気持ち良くしてあげるから、可愛い声を出してください」

「気持ち悪く……ないですか？　私の声は……みっともない……」

義隆は荒い息の中、辛《かろ》うじて呟く。

「おバカさんだ。好きでたまらない人の感極まった声を聞いたら、勃起しかしませんよ、俺は。下手すると、声だけで射精します」

「また……恥ずかしい……ことを」

「もっと恥ずかしいことを、義隆さんに言わせますよ」

「はい」

義隆は嬉しそうに目を細め、大地の舌で陰嚢と雄を執拗に責められた。

泣きじゃくっても、やめてくれと叫んでもやめない残酷さが、たまらなく気持ちいい。

大地は義隆の淫靡な声を堪能し、義隆は大地のいやらしい舌と指に身悶える。

ローションはすでに二人の体をねっとりと濡らし、飛び散った精液までも閉じ込めた。

「バイブ……使いますよ?」

「いやです」

「でも、馴らすにはこれが一番なんですけど」

「苦しくても構いませんから、大地さんを……」

義隆は両手を伸ばして大地にしがみつく。

「俺が欲しいんですか?」

「欲しいです。早く、あなたのものになりたい。あなたを私のものにしたい」

「そういうことを言われると、我慢できずに射精しますから」

大地は嬉しくて照れくさくて、顔を赤くしながら義隆を乱暴に抱き寄せた。

抱きしめ甲斐のある引き締まった体が、とても愛しい。

「俺は本当にしつこいですよ？　大丈夫ですか？」

「の、望む……ところです」

義隆は大地の背に腕を回す。

愛撫で柔らかくなった後孔に、大地は自分の雄をあてがう。そして慎重に、義隆を傷つけないように押し進めた。

「俺が入っていくの……分かりますか？」

「わ、わかり……ます……」

「あなたの処女を奪ってるんです。最高だ」

大地は義隆を見下ろし、嬉しそうに目を細める。

「もっと……何もかも……奪いなさい……」

義隆の素直な言葉を聞き、大地の下肢は熱く脈打った。

「奪いますよ、何もかも。……だから義隆さんも気持ち良かったら素直に感じて」

熱く狭く、そして柔らかな肉壁をじわじわと犯す。

大地は、貫かれている義隆の唇から快感の声が漏れるのを聞いた。

「お尻、感じてるの？」

大地が低く笑いながら問いかける。義隆は「分からない」と首を左右に振った。

「初めてで感じられる人もいるみたいだよ。試してみようか？」

半分ほど挿入した雄を、大地は勢いよく抜いた。すると義隆の口から嬌声《きょうせい》が響く。

「今のは、排泄《はいせつ》の快感に近かったかな。……次は、もっと感じると思う」

そう言って、大地は再びゆっくりと挿入した。

そして、何かを探すように浅い場所で器用に腰を使う。

「え……？　え……？　あ、あああ……っ」

電流のような突然の快感が背筋を走り、義隆は背を仰《の》け反《ぞ》らせて甘い悲鳴を上げた。

「見つけた。……ここが、義隆さんが一番感じるところ。前立腺《ぜんりつせん》って知ってる？　ここを可愛がってあげると、いくらでもイけるんだ」

大地はそう言って腰を使い、義隆の敏感な部分をゆっくりと責めていく。

執拗に、小刻みにその部分を押し上げるように責められた義隆は、大地に見下ろされながら泣きじゃくった。

「泣きながら感じて、俺をめちゃくちゃ締め付けてる。これから……どうしてほしい？」

「中に……っ……大地さん……中に……っ」

「うん。俺もそのつもり。でもその前に、前立腺の刺激でイっておこうね」

「いや……です……もう……っ」

義隆は口では嫌がるが、体はもう大地の虜だった。

浅く、何度も突き上げられ、もっとも感じる場所だけを責められる。最初は泣きじゃくっていた義隆は、大地の巧みな動きに翻弄《ほんろう》されて快感の悲鳴を上げた。

義隆は初めて挿入されたというのに、自ら腰を振り、大地の雄を深く飲み込みながら絶頂の声を上げる。

大地は、言葉にならない声を上げる義隆を見て、どれだけ感じているのかが分かった。

「ずいぶんいやらしい顔でイくんだね、義隆さん」

「も……本当に……だめ……です……っ……だめ……っ」

大地が少し動くたびに、義隆は背を仰け反らせて喘いだ。射精のない快感は、彼の体力が続く限り、刺激されれば何度でも絶頂を迎えることが出来るのだ。

「何度でも……イっていいよ。ほら……今から……俺が……っ」

大地は義隆の腰を掴み、乱暴に彼の体を突き上げ、揺さぶる。

すでにドライで達していた義隆は、大した苦痛も感じずに再び絶頂を迎えた。

「こんな……こんな快感を……覚えてしまったら……私は……もう……っ」

肉壁に大地の射精を受け止めた義隆は、荒い息の下で切ない声を漏らす。

「俺以外の、誰とも付き合えません。というか、俺と別れることは絶対に許しませんから」

「それは……構いません。私は……どんどんいやらしくなっていく自分に戸惑って……」

「可愛い」

大地は義隆と繋がったまま、彼の体を強く抱き締めた。

義隆も、おずおずと抱き締め返す。

「俺のために、もっといやらしくなってください」

「それは……言葉的に？　それとも態度で？」

「両方がいいな。義隆さんのせいで、俺は自分の性癖が進化したような感じです」

「すみません」

「謝らないで。……さて、俺が復活したのでもう一回だ」

大地の言葉に、義隆は「あ」と気づいた。

肉壁の圧迫感が増したのだ。

「ガンガンに犯していい？」

義隆は小さく頷き、「さっきより凄いのをください」と大地に囁いた。


「子供……できそうだ。本当に」

大地がたっぷりと、義隆の中に精液を注ぎ込む。

何度目かの射精で中に留《とど》まっていられなくなった精液が、義隆の後孔から内股を伝って滴《したた》り落ち、布団を淫《みだ》らに汚した。

「俺の子を妊娠してくれればいいのに」

「こんな……いっぱい……孕んだに……決まっているでしょう……っ」

義隆は「種付けされました」と卑猥な言葉で大地を煽り、再び甘く乱暴な責めが始まった。

「今まで大勢と付き合ってきたけど、そんないやらしい言葉をいう人はあなたが初めてです」

「大したことは……ありません」

「そう？　今度はドライじゃなくて、おちんちんでイく？　玉も一緒に責めてあげるよ。それとも、乳首を延々と弄って欲しい？　俺の体はちょっと休憩しますけれど、義隆さんが身悶えるところは見たいんだ」

勃つまでインターバルをくださいと、大地はあっけらかんと言った。

義隆は「素直ですね」と言って笑う。

「どうして欲しいか言って。あなたが想像したことを全部、俺がしてあげる」

「……今日、だけですか？」

「ん？」

「……私が想像したことを……大地さんがしてくれるのは、今日だけ？」

義隆は体を起こし、快感で潤んだ目で大地をじっと見つめた。

「そんなわけないでしょう？　俺は義隆さんをしつこく責めたいと思ってるんですよ？　いやらしい責めであなたを淫乱にして、俺以外では満足できないようにしたいと、そう思っている男です」

大地は、とんでもないことを堂々と胸を張って言う。

義隆は嬉しそうに目を細めて笑った。

「あなたのために淫乱の変態になれと……？」

「はい。でも俺も一緒に変態になります。安心して」

「だったら……今は……」

義隆は大地の耳元に唇を寄せ、今まで言ったことのない露骨で卑猥な言葉を綴り、年下の恋人に新たな責めをねだった。


一時はどうなるかと思ったが、義隆の「仕事できない病」は濃厚なセックスで完治した。

散々いろんなことをして満足したらしい義隆は、田島も驚くほどの速さで仕事をこなした。

田島の、「お前は……現金な男だな」という呆れ声には「愛の威力です」と真顔で答える。

大地は「再発しても、ワクチンはあるから大丈夫ですよ」と言って、生々しいことが嫌いな山田に「うるさい」と叱られた。

そして。

「佐藤義隆の世界」は着々と進行し、紆余曲折を経て一冊の写真集として完成した。

写真撮影という後半の一大イベントでは、義隆は「私は……作家の友だちがいません」と俯いていたが、蓋を開けたら各界著名人が「私もモデルをさせろ」「ギャラはいい。友情出演」と芋づる式に現れて彼を驚かせた。

大抵は大地や幸隆、そして日下部の友人関係だが、本に豪華絢爛《けんらん》な華が添えられた。

途中、装丁家の日下部が「義隆のヌードが見たいです」と、実に子供らしい我が儘を言ったものの進行が遅れることはなく、美しい装丁の本が出来上がった。

日下部は自身のブログに「最高傑作です。どんな装丁か確かめたい方は、発売日に書店へどうぞ。そして、そのまま本を手にとってレジへどうぞ」と、楽しいことを書いてくれた。

十分な準備期間を手に入れた「佐藤義隆の世界」は新春に発売された。

山田のリサーチでは、この写真集と同時に佐藤義隆フェアを組む書店が多く、売り上げはなかなかいいらしい。

「大地さん。この写真は……どう見ても結婚式ですね」

義隆は布団に潜《もぐ》って、本を開きながら笑う。

年末進行の仕事をいつも通り無事終えた彼は、年下の恋人である大地と、一つの布団の中で足を絡ませ、暖を取っていた。

一足先に「見本です」と送られてきた「佐藤義隆の世界」。

「俺もですよ。……一生の記念になった」

大地も笑う。

「テンペスト・桜」のイメージ映像の一つは、不思議なことに宮野家と長谷崎家で占められた。

桜色の衣装に身を包んだ義隆と大地を、純白の紋《もん》付き袴姿の両家が囲む美しい写真。

新郎新婦の間には、いつも著者近影で勇姿を見せているクロが、ちょこんと座っている。

そして画面には桜吹雪。幻想的な結婚写真だ。

カメラマン藤原春斗渾身《こんしん》の作品は宣伝パネルにもされ、その一枚は宮野家の座敷に飾ってある。

「全国に、結婚式を見せたという感じです。うれしいなあ。俺……結婚式をしたかったから」

大地は、撮影当時の思い出に浸った。

自分の弟の冬夜と義隆の弟の宏隆を、集合写真を撮る前にスタジオの裏に呼び出し、そこで二人に新郎新婦の着物を着せて写真を撮った。

冬夜が感激して泣き出し、宏隆も目を潤ませた。

メイクの済んだ義隆が、可愛い弟たちを見てもらい泣きしてしまい、ヘアメイク担当から怒られたのも、今は楽しい思い出だ。

「俺にとっては、本の売り上げよりも、いかに『佐藤義隆』の世界を表現できたか、そっちの方が心配です。ファンから呪いのメールが来たらどうしよう」

「そんなことは絶対にありません。あなたは、とても素晴らしい仕事をしました。私の中にある、フワフワっとしてプワーンな部分が、特によく出ていたと思います」

そう言って、義隆は本の中程を開いて見せた。

デュプレの服を着て、背中に天使の羽をつけた大勢の子供たちと、微笑みながら死に神の鎌を持っている白装束《しろしょうぞく》の日下部の見開き写真。近未来ものの「パンドラ・マザー」のワンシーンだ。日下部の「パンドラ・フール」は、自分でやりたいと言っていただけに、本物がやってきました状態だった。

「これ……凄いです。このあと、子供たちは『パンドラ・フール』に殺されるんです。それが、内臓が飛び散らずに表現されていて……」

義隆が次のページを開くと、子供たちと日下部は全員赤い服を着ていた。床も赤だ。しかも子供たちの服にはわざとハサミを入れてボロボロにしてあった。

「これ……撮影現場で鳥肌が立ちました。凄い。スタイリングを、あなたにして正解でした。

正確には……あなたを選んだ山田さんが凄いんだと思いますが」

義隆は申し訳なさそうに笑い、こてんと大地にもたれた。

「俺は俺で……仕事が増えるといいな。長谷崎スタイルを継ぐのは見だし、俺は経営者ではなく、いろんな服に囲まれて生きていきたいから……」

大地は、そっと本を閉じる。

「もしものときは私が養ってあげます。人生も年功序列ですから、私が死んだあとにあなたが困らないよう、著作権の問題もちゃんと……」

「ヒモは男の夢の一つではあるけれど……愛する相手に養われるなんて、俺はまっぴらです。俺が努力して、世界的に有名なファッションディレクターになりますから。二人で楽しくゴージャスに暮らしましょう」

大地は義隆を抱き締めて未来を語るが、義隆は「ゴージャス……」と低く呟いたまま口を閉ざす。

「義隆さんのアンチエイジングにも、磨きをかけましょうね。どんどん若返ってください」

「私を化け物にしないでください」

「化け物にはしませんが……」

大地の、義隆を抱き締める腕に力がこもる。

「あなたがとうとう、メディアの前に姿を見せたから……これからが大変です。俺は嫉妬であなたを殺しそうだ」

「おバカさん。私はあなたしか欲しくない。そしてかなりしつこいんですよ？　他に目移りしますか。そんな暇があったら、一分一秒でも長くあなたと一緒にいます。私の愛しい大地さん」

義隆は低く掠れた声で囁き、大地の背に回していた右手をするりと移動させ、彼の股間を優しく撫でた。

「お誘いですか？　嬉しいな」

「今夜は冷えるので、温かくなろうかと」

「素直な言葉が欲しいです。『大地さんの熱く滾ったおちんちんを私のお尻に突っ込んで掻き回して……』とか、『恥ずかしい悪戯をいっぱいしてください』とか『母乳が出るまでおっぱい弄って』とか……そういう、直接的でぐっと来る言葉が欲しいです」

大地はいやらしい言葉を言うと、義隆の耳を甘噛みしながら尻を撫で回す。

あれこれ想像した義隆は、彼の腕の中でくったりと柔らかく熱くなった。

「もう感じちゃったの？　義隆さん」

「あなたは……言い方がいやらしいから……っ」

「うん、でも義隆さんは大好きでしょう？　一緒にいる間は、ずっとこうして言葉責めしてあげますからね。仕事中は我慢して」

大地は偉そうに言い、義隆の浴衣の帯を解く。

「あ……」

「後ろ手に縛るとか、多分好きなんじゃないかなと思ったんですけど」

わざと無邪気に笑って、大地は義隆に問いかけた。

義隆はそっぽを向いて俯いたが、「好き……」と素直に答えた。

「縛られるのが好きなの？」

「そうではなく……自由がきかないというシチュエーションが……その……」

義隆の言いたいことはよく分かる。

大地は「本当に俺たち、趣味が合いますね」と、頬を染めて喜ぶ。

「きっと……なんらかの形で出会う運命だったのかもしれませんね……」

「俺もそう思います」

チュ、と。

大地は義隆にキスをする。義隆は目を閉じて受け入れる。

「何度も言いますけど、俺は絶対に義隆さんを離しませんからね。こんなに好きになった人は他にはいないんですから。俺たち納豆ですから」

「はい。喜んで絡みつきます」

義隆は大地の股間に指を這わせて、挑むように笑う。

「よいお返事です。……では、今から俺は、義隆さんにめいっぱい絡みつきます」

大地は義隆の体を抱き締めて「離しません」と呪文のように何度も呟いた。

あとがき

はじめまして&こんにちは。高月まつりです。

今回は、「見ているだけじゃ我慢できない」と同じ世界で、別の話を書かせていただきました。前作で主役だった宮野宏隆君と長谷崎冬夜君は脇に回りました。

今作は、宏隆の兄である義隆が主役です。

冬夜の兄である大地さんも主役です。攻めてます。十歳年下です。


とにかく義隆はアンチエイジングで、書いているこっちが羨ましくなりました。

しかも、初めて書くタイプの受。書いていて戸惑う私。書き手なのに、私が作ったキャラなのに、なぜにこうも動いてくれないのだと悩んでいたところ、担当さんから「こういうキャラはですね」と素敵アドバイスをいただきました。

なるほど、そうか。ごめんよ義隆。作っただけで動かし方まで考えていなかったよ。

その後はまあ……なんというか、気持ち良く動いてくださったというか(笑)。

エロはとっても楽しかったです。

素直にいやらしいというか、素直で淫乱なキャラ……思わず開眼です。

大地より十歳も年上ですが、この際気にしない。だって義隆はアンチエイジング。永遠の美青年です。

格好はだらしないし、仕事以外のことはできればしたくないという、ある意味作家らしい彼ですが、恋をすると人が変わるのは本当ですね。いいことだ。

編集さんたちが先生に傾倒しているところは、「あんたたち、落ち着け」と思いながら書きました。

ボディーガードにしか見えない田島さんは、スカイプと携帯……先端行ってます。スカイプは楽でいいですね。私も使ってますが、友人と「通常の電話代を気にしなくていいから、いつまでも長電話できて恐ろしい」と呟き合ってます。

でも便利だ。画面共有とか。スカイプしながら絵チャロムッたりとか。

田島さんたちは、さらにカメラ機能を使って日々仕事をしているんでしょうね。凄いな。

天然お兄さんの義隆を落とすのは、大地は大変だったと思います。よく頑張った。

義隆は、一見冬夜っぽいのですが、冬夜よりもしたたか。その年なりの冷静さも持っていたりするので、掴んだと思ったらつるりと逃げる……まるでウナギのように掴みづらい人だと思います。美形のウナギ……か。想像できません。食べたら美味しいのは分かるけど。

イラストを描いてくださった天王寺ミオ先生、なかなか原稿が進まずにお待たせしてしまって申し訳ありませんでした。あの表紙……しっとりエロで素敵です。そして、あの口絵っ！送ってもらったデータを見たとき、思わず「ふおあうう」と奇妙な声が口から出ました。凄いです。口絵注意報です。素敵な義隆と大地を、本当にありがとうございました。綺麗なお兄さんは私も好きです。

そして担当さん……電話で話すたびにだんだん声がか細くなっていった担当さん、本当にごめんなさい。そして、様々なアドバイスをありがとうございました。私は開眼したり、目から鱗が落ちたりと一人で祭りでした。

ではここまで読んでくださったみなさん、ありがとうございました。次回作でもお会いできると嬉しいな。

高月まつり

はじめまして、こんにちは。前回に引き続き挿絵を描かせて頂きました。

天王寺ミオと申します。今回は「見ているだけじゃ我慢できない」という作品のスピンオフで、綺麗なお兄さんは好きですか？好きですよ！的なお話でした。普段私は漫画を描いているのですが、今までこういった長髪の美形というキャラを描いた事がなかったので、大変新鮮でした。しかも着物！着物って実は服の中でも一番着こなしが難しいと思うというか、描くのが難しいです（笑）しかし客の前に浴衣（しかも前結び）で出るってどんだけエロいんだって話でございます。

義隆さんは何とも天然でいやらしい良い受でした。個人的に義隆さんのような淫乱っぽい方大好きです！しかも大地さん実は凄いドＳ様ですよね～グフフ。

普段凄く紳士的というか優しそうな感じなのにＨになると途端にあれやこれやと…。にも関わらず最後までやれてなかったという事に、どんな焦らしプレイ！とザワザワしておりました。そりゃモヤモヤして仕事にもなりませんよね。

ダリア文庫をお買い上げいただきましてありがとうございます。
この本を読んでのご意見・ご感想・ファンレターをお待ちしております。

〈あて先〉
〒173-8561　東京都板橋区弥生町78-3
(株)フロンティアワークス　ダリア編集部
感想係、または「高月まつり先生」「天王寺ミオ先生」係

❋初出一覧❋

そばにいるなら触りたい…………………書き下ろし

そばにいるなら触りたい

2010年3月20日　第一刷発行

著者　高月まつり

発行者　藤井春彦

発行所　株式会社フロンティアワークス
〒173-8561　東京都板橋区弥生町78-3
営業　TEL 03-3972-0346　FAX 03-3972-0344
編集　TEL 03-3972-1445

印刷所　中央精版印刷株式会社